칼랑코에의 겨울

곽영주

교음사

| 작가의 애피타이저 |

    그저, 숟가락과 젓가락만 있으면 손쉽게 집어먹을 수 있는 음식처럼, 무슨 음식인지 셰프의 설명(의도)과 도움(방향) 없이도 충분히 느끼며 맛볼 수 있는 편안한 시나리오라고 확신한다. 거추장스럽거나 군더더기가 없으며 조금 색다른 음식 재료이긴 하지만, 독자는 그 안에서 느낄 수 있는 온갖 다양한 맛을 편안하고 쉽게 즐길 수 있을 것이다. 무거운 소재, 인간의 아픔과 고뇌에 찬 상황이 결코 무겁지 않은 이유는, 이타적인 사랑과 희생의 아름다움이 녹아드는, 감칠맛 나는 『칼랑코에의 겨울』, 특제의 레시피 덕분이리라.

    모두 함께 맛보시기를!

| 작가의 말 |

『칼랑코에의 겨울』을 쓰며

- (칼랑코에 꽃말: 설렘)

　지면의 편편한, 눈으로 읽는 시나리오에서 살아 움직이는, 사랑과 감동의 시나리오이길 기대하며 『칼랑코에의 겨울』을 그려본다.

　[그 예쁘고 발랄한 명희의 모습에 취해 살다가 명희가 어린 누리를 두고 떠나자 내 안의 분노는 내 목표를 초과달성 시켰지만 그것으로 명희를 용서하기는 내 마음의 그릇은 옹졸하기 이를 데 없었다. 그렇다면 보란 듯이 잘 살지 왜 이렇게 나타나는가!]
　　　　　　　　　　　　 - 준호의 내레이션

　[품속에 늘 품고 있던 다이너마이트가 오늘, 지금 터졌다. 그 반경에 있는 이들의 아픔이 적지 않을 것이라는 생각으로 두 손을 모았다.]
　　　　　　　　　　　　 - 효숙의 내레이션

　[한 집에서 두 엄마가 살고 있다. 두 엄마! 복잡한 마음속에서 심플을 위장하는 나는 일류 배우다. 두

엄마는, 일류 배우를 가진 그야말로 베테랑 배우다. 베테랑 배우들! 그 마음들은 오죽하려나.]
- 누리의 내레이션

[친모에 관한, 이해하지 못하겠고 이해할 필요성도 없었던, 그래서 나와는 별개라고 규정지었던 모든 것이 허물어졌다. 내 심장이 어찌 이리 아플까, 굳이 하나도 알고 싶지 않았던 친모의 모든 것을 단 몇 마디 대화로 그 삶을 송두리째 보는 듯했다. 도무지 이해할 수 없는 일을 한 사람에게 왜 나는 이렇게 속수무책으로 무너지는가.]
- 누리의 내레이션

[오늘 아침 나는, 그 옛날 놀던 물에서의 핫한 명희가 되어 식구들과 광란의 아침을 열었다.]
- 명희의 내레이션

[발꿈치가 닿지 않아 늘 불안한 걸음걸이가 어느새인가 땅을 딛고 완벽하게 보행하는 법을 익히는가 싶더니 명희는 이제, 땅을 딛지 않고도 우리들의 마음에 찾아오는 스스로의 보행법으로 완벽치 않아 뒤뚱거리는 내가 오히려 명희의 행보에 감동으로 발을 맞추어 간다.]
- 효숙의 내레이션

[누리아빠와 병원에 갔다 온 사이, 내 방은 천국이 돼 있었다. 죄 많은 내가 결코 가지 못할 천국을, 아름다운 두 모녀가 나를 지상의 천국으로 인도해 주었다.]
- 명희의 내레이션

현관문만 닫으면 보이지 않는 세상, 닫힌 세상이 일상인, 답답함도 부족함도 모르는 감정제로의 세대. 잠시 눈만 맞춰도 되는 인사를, 회피와 외면으로 원천 차단하는 이웃이 없는 정서 제로의 세대.
　극단적 이기와 더불어, 시기적으로 코로나에 맞물려 개인주의의 확산이 불가피해진 상황에서 우리들의 마음을 잠시나마 내 주위의 작은 사연에 귀 기울일 수 있고 이타의 마음으로 되돌아볼 수 있는 시나리오가 꼭 필요하다고 느꼈다.
　이 드라마는, 현실적으로는 어렵고 먼 관계지만 나에게 가장 가까운 사랑하는 사람들을 위해, 그 관계의 영역을 과감히 허무는 실천적 사랑을 보여준다. 삶에서 관계란, 벽이라는 난관을 넘어가려는 의지만 있다면 충분히 넘을 수 있고 닿을 수 있을 것이라는 확신과 기대를 가지고 글을 전개해 나갔다.
　주인공 네 사람은, 서로 어려운 관계 속에서 상호 간의 충돌이 아닌, 자신의 인간적인 내면의 갈등과 모색으로 함께할 수 있는 아름다운 하모니를 만들어낸다. 인간이기에 벌어지는 갈등이 자칫, 분노와 이해충돌로 이어지기도 하는데, 이 드라마는 사랑과 배려로써 서로에게 스며드는 아름다운 모습을 보여주는 작품이라 감히 말할 수 있다.
　요즘 드라마에서 지배적인 요소인, 악인이 없어도 재미와

힐링이 되는 드라마를 만들고 싶었다. 또한 많은 예산과 등장인물 등 다소 큰 스케일로 제작되는 통상의 드라마에서 벗어나 작은 집 한 채의 무대만으로도 드라마를 만드는 데 충분하다는 실험적 요소를 가미하였다. 소수의 주인공이 한 공간에서 보이는 심리적인 내적 갈등의 여지를 깊이 있는 배려와 사랑으로 승화시킬 수 있는 가능성과 각기 다른 캐릭터의 성향이 서로 융화되어 그들이 뿜어내는 사랑이, 우리의 상실된 메마른 감정을 충분히 치유할 수 있으리라고 기대한다.

이 작품의 특징은 무리가 있는 전개로, 무리를 풀려고 다수의 인물을 등장시키는 과장된 드라마를 지양했으며, 주인공 네 명의 시점에서 각각 내레이션을 넣어 그 상황의 이해와 감동을 전하려 노력함으로써 감정의 불필요한 군더더기를 과감히 배제했다.

어렵고 묘한 관계 속에서 인간 본연의 사랑이 녹아드는 준호, 효숙, 명희, 누리의 슬프지만 아름다운, 가을이 지나 겨울을 따듯하게 덥혀주는, 영원의 협주곡 같은 휴머니티의 실증적인 드라마이다. 더불어, 청정한 씻김을 느끼며 맛볼 수 있는 내적 힐링의 드라마이길 기대해본다.

2025. 11 저자 곽영주

칼랑코에의 겨울

[그녀가 왔다.

당당하고 발랄했던 그 예쁜 모습에서 왜소하고 초췌한 모습으로! 하지만 다행히도 주눅 들지 않은, 자존심을 잃지 않은 모습에 많이 안도했다.]

- 준호의 프롤로그

#1
부장판사, 서준호의 팻말이 보이는 책상.
서류 더미 속에서 준호, 서류를 훑어 읽어 내려가며 집중하는.
미란, 높이 쌓인 서류뭉치를 들고 들어오는.

미란　재판 1시간 40분 전입니다. (서류를 내려놓는) 어제 오후 늦게 올라온 거예요. 이 건은 조금 여유가 있네요. 차 한 잔 드릴까요 판사님?

준호　(뻑뻑한 눈을 세게 감고 뜨는) 읽기도 숨찬데 차 마실 시간이 있으려나. (고개를 창가로 돌리는, 반가운 듯 얼굴이 밝아지며 감동스러운) 비가 오네요. (미란을 올려보며) 그럼 냄새라도 피워볼까요.

미란　(웃는) 네, 오늘은 코코아예요 한 잔 옆에 놔두시고 달리세요.

준호　코코아라! (희미하게 미소를 지으며) 옛날에, 코코아를 좋아하고 달리는 걸 유독 싫어하는 사람이 있었는데!

미란　(이상한 듯) 네? (바로 이해가 되는 듯 웃는) 네에!

준호　(미란을 보며, 미소 지으며) 코코아 한 잔 마십시다 덕분에.

미란, 미소 지으며 살짝 고개를 숙이며 나가는.
준호, 비 내리는 창을 아스라이 바라보다 정신을 가다듬으며 서류를 넘기는.
준호의 오른쪽 서류 옆에 코코아가 든 머그잔이 있고, 그 옆에 놓여있는 핸드폰에선 진동으로 전화가 들어오는.
준호, 못 들었는지 개의치 않고 집중하는.

#2 법정
법복을 입은 준호와 양쪽에 판사가 앉아있는.
정신없이 바쁘게 재판이 진행되는.
재판을 하는 사람과 변호인들, 다음 차례를 기다리는 사람들의 표정이 긴장 속에 있는.

준호 (피고, 원고의 변호인들을 번갈아 바라보며) 다음 기일은 다음 달 두 번째 주 화요일 오후 2시 괜찮습니까?
(피고와 원고의 변호사들이 의뢰인의 얼굴을 쳐다보며 의논이 된 듯 서로 고개를 끄덕이고, 변호사들이 판사를 향해 "네" 하는.)

#3
준호가 법복을 벗는 사이 동시에, 책상에 놓아둔 핸드폰의 진동으로 조용한 사무실에 적막을 깨는.
급하지 않게 책상이 있는 창문 앞으로 걸어와 핸드폰을 들고 보는.
문자 메시지가 보이는.

〈2022년 9월 15일 목요일
전화를 안 받네
재판 중이려나
전화 부탁해요

- 달리는 걸 싫어하는 망아지가.

오전 11시 20분〉

준호, '무언가 싶은' 황당함과 놀라움으로 의자에 넋이 나간 듯 앉으며 멍하니 비 내리는 창가로 시선을 돌리는.

#4 준호의 회상 씬
1995년 7월. 여름 언저리의 초저녁, 나무가 드리운 평상이 있는 작은 가게. 슬리퍼에 반바지 차림의 어수룩해 보이는 준호, 가게에서 라면 두 개와 계란 한 줄, 500밀리 우유 한 팩을 골라 (빠르진 않지만 목록에 따른 계획된 동선으로 어디에 무엇이 있는지 정확한) 들고, 중년은 훨씬 지난 눈초리가 매서운 주인아저씨가 있는 계산대에 올려놓으며 주머니를 뒤지는. 반바지의 이쪽저쪽을 뒤지는 준호, 점점 당황하는 기색이 보일 즈음, 가게 통로에 서서 그리 낯설지 않은 사람을 보듯 이 광경을 보고 있던 명희, 계산대로 다가오는.

명희 (트레이닝 바지 주머니에서 돈을 꺼내 계산대에 탁 놓는) 계산해 주세요.

주인 (돈을 끌듯 집어 들며 명희와 준호를 번갈아 바라보는) 왜 아가씨가 내주려구?

준호 (난데없는 상황에 당황하며) 아니에요.

명희 (준호의 대응에 개의치 않는, 입을 삐죽이며 주인이 못마땅한 듯) 외상 안 되잖아요? 당장 필요한 것들뿐인데.

준호 (두 손으로 카운터의 물건이 내 것인 양 보호하듯 쓸어 모으며) 아아, 다시 올게요.

명희 (뒤돌아 가려는 준호의 팔을 붙잡는. 신경질적으로) 가져가세요. (눈으로 준호의 배를 보며) 배고픈 사람이 왔다 갔다 힘 뺄 필요 없어요.

때마침, '꼬르륵' 소리와 함께 준호, 무언가 들킨 듯 급히 배를 두 손으로 가리는.

명희 (거스름돈을 챙기며, 풍선껌 한 통 값을 도로 놓고 옆에 있는 껌을 집는) 외상값 받으러 갈게요. 이 길 끝, 길모퉁이 3층집 반지하, 맞죠?

준호, 깜짝 놀라는.
주인 또한 놀란 듯 둘을 살피며 거스름돈(껌)을 챙기는.

명희 (주인아저씨가 건네주는 동전을 받아들고 서둘러 나가며) 관심은 아니에요, 오다가다 본거지. 그 집 맨 끝, 3층집 반지하에 살아요. (쓸쓸한 미소를 지으며 거의 혼잣말로) 반지하 동지네.

#5
까만 봉지가 주렁주렁 양쪽 팔에 매달려서 걸어가는 준호의 바로 뒤, 세련된 차림의 명희가 뒤따라 걸어가는.
길모퉁이 3층집 반지하로 내려가려는 준호의 뒤에서 명희가 다급히 외치는.

명희 저기요.
준호, 계단으로 내려가기 직전 뒤돌아보며 눈이 동그래지며 놀라는.

명희 오늘 저녁밥으로 외상값 탕감해요. (타협하듯 미소 지으며, 준호의 까만 봉지를 살피는) 보아하니 오늘 저녁 밥상은 혼자 먹긴 아까울 것 같은데, 덕분에 나도 오랜만에 집밥 먹어 좋고 거기도 손해는 아닐걸요. 맞죠?

준호 (얼굴에 미소가 퍼지는) 그러잖아도 얼른 갚아야 하는데, 초면에 집을 찾아가기도 이상하고…

명희 (말을 끊는) 그럼 좋다는 걸로, 됐죠? (명령하듯) 얼른 들어가서 저녁 준비해요. (발걸음을 세차게 옮기는, 몇 걸음 가다 뒤돌아보며 궁금한) 저녁 메뉴는 뭐예요?

준호 (명희를 바라보고 있던 눈이 미소로 변하며, 소리를 높이는) 닭도리탕? 아아, (눈치를 보는) 안 좋아하시면 카레 할까요?

명희   와, 고를 수 있는 혜택까지. (검지손가락을 관자놀이에 갖다대자마자 고개를 끄덕이며, 낙점됐음을 알리며 검지를 위로 올려 두 번을 허공에 짚으며 명령하듯 결정짓는) 닭도리탕 하세요. (최고라는 듯 엄지손가락을 바로 위로 치켜올리고 내리는, 인심 쓰듯) 카레는 다음 번 메뉴로. (고개를 위아래로 까딱이며 입술을 굳게 다물며 확정짓는) 메뉴에 맞는 술 들고 갈게요, 아, 그리고 냉동실에 있는 갈비 가져갈 테니까 곧 도전해 보세요. 갈비, 뭐 있나요. 물 붓고 간장 넣고 푹푹 끓이면 되죠. (씩 웃는)

뒤돌아 빠르게 걸어가는 명희의 뒷모습을 넋 나간 표정으로 준호, 바라보는.

#6 준호의 집
1) 음악이 흐르는

옹졸한 밥상에 닭도리탕이 수북한 큰 냄비가 중앙에 놓여있는.
명희, 오른쪽에는 반쯤 들어있는 소주병이 놓여있고, 물컵에 따라져 있는 소주로 준호와 명희, 건배를 한 후 식사를 하는.
명희, 빈 컵을 내밀자 준호, 소주를 따르는.
준호, 한두 모금 마실 양을 따르자 명희, 컵을 치며 더 따르라는.
준호, 조금 더 따르자 명희, 다시 컵을 치는.

다시 소주를 따르는 준호, 이해 안 되는 표정으로 명희를 바라보는.
좀 더 채워지자 명희, 그만 따르라는 듯 컵을 소주병에 부딪치는.
명희, 자신의 컵을 내려놓으며 준호의 컵에 소주를 따라주는.
준호, 얼른 컵을 들썩이며 바로 그만 따르라는 듯, 한 손으로 컵을 막는.
명희, 하수를 보듯 씩 웃으며 컵을 들어 준호의 컵에 부딪히곤 소주를 마시는.
입만 축인 듯 거의 그대로인 준호의 잔을 보며 명희, 호기 있게 자신의 잔에 소주를 다 들이켜는.
명희, 쓴 듯 얼굴을 찌푸리곤 닭도리탕을 맛있게 먹는.
준호, 놀라운 눈으로 바라보는.

경쾌한 음악이 흐르며
반지하의 창문으로

명희, 무언가 즐겁고 들뜬 모습으로 준호를 쳐다보며 얘기를 하는.

2) 음악이 흐르는
같은 차림의 옷인 준호와 다른 옷차림의 명희가 같은 밥상에 카레라이스와 김치가 담긴 그릇을 앞에 두고 먹으며, 명희가 든 빈 맥주잔에 준호, 맥주를 가득 따라주는.
명희, 맥주잔을 들어 준호에게 건배하며 쭉 들이켜는.

음악이 커지며
반지하의 창문으로

명희, 더욱 친밀한 표정으로 신이 나서 연신 조잘대는.

3) 음악이 흐르는
준호의 옷차림은 그대로인 채, 일상복이 아닌 슈트 차림의 화장이 짙은 명희가 밥상에 갈비찜을 두고 앉아있다.
명희, 갈비를 집으려는 준호를 두 손으로 저지하고 재킷을 벗으며 뒤돌아 큰 핸드백에서 와인 병을 꺼내 애교스러운 표정을 지으며 무슨 예식을 하듯, 병을 받쳐 높이 쳐들곤 밥상에 올려놓는다. 백을 뒤적이며 오프너를 꺼내 숙련된 솜씨로 와인을 따는.
준호, 물끄러미 명희를 바라보고 있는.
명희, 와인을 준호의 물 잔에 따르며 와인 병을 준호에게 건네주는.
준호, 명희가 든 물 잔에 어렵사리 와인을 따르는.
명희, 환한 미소로 건배를 하는.

음악이 커지며
반지하의 창문으로

이번에는 명희가 아닌 준호가 무언가 열심히 얘기를 하는.
명희, 눈을 동그랗게 뜨고 제법이라는 듯 입꼬리를 올리며 사랑 가득한 눈길로 바라보고 있는.

#7
손님들이 북적이는 층고가 높은 제법 큰 카페.
명희, 큰 유리창 넘어 은행잎이 떨어지는 모습을 바라보며 카페에 앉아있는.
명희, 밖의 정취를 바라보는 거리에 준호, 낡은 점퍼를 입고 구부정한 모습으로 걸어오는.
명희, 미소를 머금은.
잠시 후 준호, 카페 문을 열고 들어오는.
명희, 자리에서 두 손을 번쩍 올려 환히 웃으며 과하게 환영하는.
준호, 명희를 바라보며 겸연쩍은 미소로 다가가는.

명희 (자리에 앉는 준호를 보며 많이 들뜬) 공식적인 데이트 첫날이네요 오늘이. (준호를 살피며) 난 엄청 설렜는데…

준호 (수줍게 웃으며, 찻잔을 들어 한 모금 마시는) 익숙지가 않아서…

명희 (강하게 부정하는) 익숙한 건 싫어요. 늘 설레면 좋겠어요. 안 설레면 약효가 떨어진 거죠. (코코아가 보이며, 마시는)

준호 (의아스러운 듯) 늘 설레면, 늘 달리기하는 셈인데.

명희 달려서 가슴 뛰는 게 설레는 거라면 땅에 발붙일 사람

노인네 빼곤 없을걸요. 아니 노인네도 달리지, 맞죠? (조금 생각하며 아닌 듯) 그래도 난 안 달려요, 난 힘든 거 싫거든요, 달리기는 꼴등 맡아놨어요.

준호 (어색하게 웃으며) 난 달리기 일등인데!

명희 의왼데요, 딱 꼴등 얼굴인데.

준호 적토마였어요, 별명이.

명희 (활짝 웃는, 의미심장한 얼굴로 비밀스럽게) 내 별명은 뭔지 알아요? 달리지 않는 망아지예요. 행동은 중늙은인데 성질은 망아지 같다네요. (중요한 무언가를 발견한 듯) 그런데 둘 다 별명은 말이네요, 신기하게!

준호 적토마, 망아지의 개념은 영 다른데요.

명희 개념 따지지 말아요, 난 느낌으로 살아요. (이상한 듯 고개를 갸우뚱거리며) 달리지 않아도 설레는 거 알아요? (양미간을 찌푸리고 무언가 있을 수 없는 일이 일어난 듯) 달리지 않아도 뛴다구요. (준호를 보며 미소 짓는) 뭐, 설레게 해주니 땡큐라는 말이에요. (두 손을 가슴에 강하게 갖다 대며 흡족한 얼굴로 준호를 사랑스럽게 바라보는)

준호, 명희를 바라보며 어두운 느낌으로 웃는.

#8
잔잔한 음악이 흐르는.
준호, 명희 은행잎이 떨어지는 거리를 나란히 걸어가는.

준호 (푹 숙인 고개를 들어 명희를 바라보며 작정한 듯 무거운 입을 떼는) 세 번을 떨어졌어요 고시를. (앞을 보며) 농사짓는 부모님에게 적잖이 애를 먹이고 있죠, 게다가 올 초 아버지가 혈압으로 쓰러지셔서… 모두가 엉망인 상태예요. (소리 없이 큰 숨을 몰아쉬는)

명희 (갑자기 무거워진) 그래서 설레는 일 따윈 어림도 없다는 말이네요 지금. (준호가 못마땅한 듯 시선을 내리며, 조금 흥분의 상태인) 사람들은 부모의 인생과 그분들의 생활 자체를 자신과 일치해서 생각하고 이고져요. 그런다고 해서 해결되는 것도 아닌데. 나는 그런 부모가 없어선지… 너무 답답하고 이해하기 어려워요. (참은 숨을 소리를 내며 몰아쉬는)

준호, 명희를 쓸쓸한 시선으로 바라보는.

준호와 명희, 누가 먼저랄 것 없이 걸음을 멈춰 서서 마주보며 서로의 얼굴을 무심히 바라보고 서있는.

명희 일하다가 갑자기 설레기 시작했어요, 이런 일 나에게 있기 힘든 일이에요 참고로. 오랜 시간을 뺏는 건 안 될 것 같고 커피 데이트 첨으로 신청했는데… (결심한 듯) 난 쉬운데 거기는 무척 어렵다는 거네요. (낙담하지만 꽤나 쿨한) 뭐… 그렇담 어쩌겠어요, 인정해요. 난, 정리도 빠르거든요. 다른 답을 찾아야겠죠. (손을 내밀어 악수를 청하는) 계란 몇 알 사주고 억수로 얻어먹었네요 그동안.

준호, 우스운 듯 살짝 미소를 머금고 명희를 바라보며 악수를 하는.

명희 (준호의 미소 띤 얼굴이 못마땅한, 방어적으로) 그쪽을… 뭔지 착취한 느낌이랄까.
준호 (놀라며) 착취? (가슴에서 우러나오는 웃음을 지으며) 착취! 당할 수 있어 좋네요.
명희 (조금 화가 치미는, 손을 빼는) 알고 보니 멀쩡한 성격은 아니네요, 유식한 말로 뭐라더라, 메조키스트라 했나, 꼬였어요 많이. 진작 정리 잘하고 있는 느낌이에요.
준호 기분 좋게 착취를 당해주고 해 줄 수 있다면 그게 인류애 아닐까요.
명희 (씁쓸한 듯 포기 상태인) 인류애? 좋네요, 단지 인류애 차원이었다면… (도리질을 하는) 호감도 사랑도 아니라면 더더욱이죠, 정리가 답이에요.

명희, 손을 빼고 결심이 선 듯 뒤돌아 준호가 온 반대편 길을 화가 난 듯 빠른 걸음으로 걷기 시작하는.
준호, 명희가 걸어가는 뒷모습을 바라보다 뒤돌아 천천히 발을 떼는.

명희 (씩씩하게 걷다가 갑자기 뒤돌아보며 외치는) 이제 그 인류애 내가 할게요. 다른 답을 찾았어요, 인류애 차원으로 내가 달리면 되잖아요.

준호, 발걸음을 멈추는.

명희 뛰는 건 딱 질색이지만 어쩔 수 없죠 뭐, 인류애는 실천의 덕목이잖아요 (더 열을 올리며) 그쪽은 열심히 공부하고 나는 쉬는 날 반납하고 열심히 달릴게요, 그러면 얼추 조정이 가능하지 않을까요? 참고적으로 백화점 하이브랜드 매장 매니저예요, 이래 봬도 달릴 생각만 하면 전화로도 고객 두 줄 세워 비싼 옷 팔 수 있어요.

준호, 갈등하듯 힘겨운.
결심이 선 듯 돌아서는.
명희에게 서서히 미소를 짓는.

준호의 미소를 보며 명희, 힘차게 달려와 (음악이 세차게 흐르는) 준호가 휘청일 정도로 와락 안는.
준호, 명희를 포근히 안는.

#9 현실
준호, 책상 위의 핸드폰을 무겁게 집어 드는.
메시지의 전화번호를 천천히 터치하는.
전화벨이 울리자 준호, 호흡을 크게 하는.
준호의 전화기에 명희의 목소리가 들려오는.

((핸드폰에서 목소리만 들리는 표시))
명희 (( )) 여보세요.
준호, 대답을 못하고 눈을 감는.

명희 (( )) 명희예요, 놀래켜 주려는 건 아니었는데… 사정이 생겼어.
준호, 눈을 뜨는.

[25년 만에 한, 비참한 통화였지만, 달리지도 않았는데 가슴 뛰게 해주는 재주는, (시간적 여유를 두며) 여전했다.]
                                    - 명희의 내레이션

[이제 나와는 무관한 사람인 줄 알았는데, 눈 밑의 강아지에게 간식을 던져주며 따라오게 만드는 기술은 여지없이 훌륭했다.]

- 준호의 내레이션

#10 명희의 회상 씬
반지하 집.
명희, 재봉틀로 빨간 체크 커튼을 숙달되게 박고 있는.
신이 나 콧노래를 부르며 창문에 완성된 커튼을 다는.
현관 벨이 울리는.
'침대 왔어요.'라는 말이 끝나기가 무섭게 달던 커튼을 놓고 현관으로 달려가는.

준호의 집 실내가 한결 로맨틱하게 바뀌어 있는.
명희, 침대에 다이빙하듯 몸을 던지는.

명희 (반듯하게 누운 자세로 집을 둘러보며 많이 흡족한, 핸드폰을 들어 터치하는. 들뜬 목소리로) 반지하가 아니라니까 완전 지상층으로 상향 이동된 듯! 한강 내려다보이는 아파트 절대 안 부럽거든요. 오빠도 빨리 봤으면 좋겠다. (벌떡 일어나 침대 옆의 스탠드 불을 켜며 감탄이 나는) 와아, 무드까지. 가르치는 거 때려치우고 올라와라, 다음 주에 두 배 뛰어주면 되잖아. 그 정도는 부주해줘야 하는 거 아니야 그렇게 성적 올려줬는데. (입을 삐죽 내밀며 실망한 듯) 알았어, 잘하고 올라와. (애교스러운) 사랑해 오빠. (짜증이 섞인) 응이 뭐야. (급하게 생각하는) 곤란하면 음, (생각이 깊어지다 새로운 걸 발견한 듯) 그래 이게 좋겠네, 이거야, 이렇게 하자, '사랑해' 대신 '알지'로, 알지 어때?

준호 (( )) (응, 응.)
명희 아직 이해가 안 됐나 보네. 다시 한다. 알지?
준호 (( )) (목소리가 작은) 알지!
명희 (감탄이 나오는) 오오오, 확실히 '알지'는 마스터 됐네, 인정!
준호 (( )) 명희야 나 바빠.
명희 어어어, 알지?
준호 (( )) 알지.

명희, 핸드폰에 여러 번 소리내어 쪽쪽쪽 키스하며 전화를 끊는.
명희, 침대에서 일어나 사방을 둘러보며 춤을 추는. 서랍장 위에 준호와 찍은 사진에 손 방향을 맞추고 입술을 내밀며 키스를 보내는. 냉장고에서 맥주 캔을 꺼내들고 멋지게 따며 거울 속의 자신을 향해 윙크하며 건배하고 마시는.

#11 준호와 명희의 회상 씬
1) 많은 인파 속
준호에게 팔짱을 끼고 달라붙어 걷고 있는 명희와 준호가, 주렁주렁 쇼핑한 물건을 들고 남대문, 시장거리를 활보하는.
명희, 준호만 바라보고 걸어가며 행복한 모습인.

명희 (장난스레) 오빠씨!

준호, 명희를 보는.

명희 (제법 큰소리로) 알지?
거리를 지나는 청년 (옆을 지나가며) 네?
준호 (청년에게 고개를 숙이며 민망한 표정으로 인사를 건네고는 명희에게 하지 말라는 듯 고개를 흔들어대는) 쉿.
명희 뭐얼, 대답해봐. 안 그러면 더 크게 한다.
준호 (두려운 듯 명희의 귀에 대고) 알지?
명희 (흡족한 얼굴로) '알지이!' 밖에서도 3분에 한 번씩 확인 가능하겠는 걸. (아이디어가 아주 자랑스러운 듯 소리 내어 웃는)

여러 사람이 있는 포장마차에서 준호와 명희, 어묵과 떡볶이를 먹는.

명희 (어묵을 크게 한 입 베어 먹으며 명희, 갑작스레 준호를 쳐다보지도 않고 크게 외치는) 알지?

포장마차 주인(여자) (어묵을 끼다 말고 명희에게 반문하는) 네?

준호 (당황해서 들고 있던 떡볶이를 떨어뜨리며) 아니에요.

포장마차 주인 (알 수 없는 물음에 이상한 듯, 이 답이 맞나 의심스럽게 갸우뚱거리며) 어묵 하나에 이백오십 원이요.

명희 (환히 웃으며 밉살스레) 네, 알죠, 알다마다요!

준호, 남은 떡볶이를 마구 집어넣는.

포장마차 주인, 어묵을 끼면서 눈은 준호와 명희를 번갈아 가며 이상한 듯 쳐다보는.

2)
공부에 집중하다 말고 준호, 고개를 돌려 창밖을 보는.
부슬부슬 비가 내리고 있다.
준호, 기지개를 켜며 벌떡 일어나 거실로 나가는.
침대에는 명희가 밤잠 자듯 깊은 잠에 빠져있는.
준호, 주방으로 가 전기포트에 물을 끓여 (코코아 통을 열어) 코코아를 타는.
코코아를 사이드 테이블에 올려놓고 침대에 앉아 명희의 귀에 속삭이는.

준호 명희야, 그만 일어나자, 더 자면 밤잠 자기 어렵잖아.

명희 (이불을 뒤집어쓰며) 어제 재고 정리하느라 꼴딱했잖아 2박 3일도 잘 수 있어.

준호 (명희를 내려다보며) 비도 오는데, 파전에 막걸리 한잔 하러 나가야겠다 나는.

명희, 바로 이불을 눈 밑으로 내리며 서있는 준호와 눈이 마주치는. 눈이 초롱초롱한, 의욕적인

준호 (이불을 거두며 두 손을 내밀어 명희를 침대에 앉히는, 코코아를 명희 손에 쥐여주며) 따듯하게 코코아 마시고 외출 준비해, 파전에 딱 한 병이다. 이런 날씨엔 딱이지 뭐.

명희 (심통이 난 듯) 나 이번 주엔 한 잔도 안 했다, 알지 오빠.

준호 (미소 띤) 알지, 상이야.

명희, 코코아 잔을 사이드 테이블에 밀어놓고 좋아서 준호의 품에 원숭이 같이 안기며 두 발로 허리를 감싸 매달리는.

준호 우리 조상이 원숭이야!

명희 (볼멘 듯 사랑스럽게) 사랑스럽지? 이런 원숭이가 어딨어. (웃으며 준호의 얼굴에 마구 키스하는)

3)
침대에 비스듬히 기대어 여성 잡지책을 보던 명희, 지루해 죽겠다는 표정으로 책을 세차게 덮는.
사이드 테이블에 있는 핸드폰을 집어 들어 전화를 거는.

명희 (작은 소리로 속삭이듯) 응, 열심히 잘 되고 있나 궁금해서. (몹시 우울한 듯) 사랑해? (소리가 높아지며 준호의 대답이 마음에 안 드는) 아니지, 그건 누가 있을 때 쓰라는 말이었지. 힘 빠지게!

명희, 핸드폰을 침대에 내동댕이치고 벌떡 일어나 발소리를 크게 내며, 방문을 열고 들어가 책상에 앉아 공부하는 준호의 뒤에서 머리에, 옆 볼에 키스해대는.
준호, 명희의 애정공세에 호응하는.
명희, 준호의 포옹에 이끌려 준호의 무릎에 앉아 준호의 열렬한 키스를 받는.

침대에 준호의 팔베개를 하고 누워있는 명희, 손으로 준호의 얼굴 라인을 스치며 사랑스러운 눈길로 바라보다 어려운 듯 입을 떼는.

명희 심장도 안 좋고, 월경도 지멋대로고 아기 갖는 거 힘들 거라고 했는데.

준호, 놀란 듯 얼굴을 들고 명희의 얼굴을 내려다보는.

명희 (더 놀란 듯 따지듯이 앙칼진) 왜?

준호 무슨 일 있어?

명희 (화가 나는) 있어. (준호를 밀치고 벌떡 일어나는) 아이 생겼어, (핑계 대듯, 말이 빨라지는) 지금 우리에게 아이가 가당키나, 먹고 살기도 힘든데.

준호 (뒤에서 살포시 명희를 안으며) 공부는 잠시 접으면 돼 내가 열심히 달리면 되지. (명희의 목에 키스하며) 알지?

명희 (뒤돌아 준호의 얼굴을 보며 뾰로통해서) 지금 '알지'는 그 알지 아니지? 정신 차리라는 의미 같은데.

준호 (미소 짓는) 사랑해.

명희 (미안한) 내가 달린다고 했는데 짐만 지우네. (우울한)

준호 지금껏 달렸잖아 이제 바톤 터치야. (명희의 어깨를 다독이는)

4)
배가 불룩한 명희, 주방에서, 밥솥 뒤에 숨겨놓은 맥주 캔을 꺼내 드는. 준호, 명희가 캔을 들자 뒤에서 가로채 싱크대에 쏟아버리는.

명희 (소리 지르며 이성을 잃은 듯) 이제 안전하다고, 이 정도 마시는 걸 가지고 뭘 그래.

준호 안전하다고 누가 그래, 몇 모금만 마셔도 심장이 뛰는데.

명희 (비웃듯) 그놈의 심장은 왜 뛴대.

준호 (눈을 감고 크게 심호흡을 하는) 지금은 임산부고 아기가 태어나면 수유부야, 그리고 아이를 키워야 하니까 술은 그만 마셔.

명희, 극도로 화가 나 준호를 노려보는.

[나중에 안 사실이지만, 명희는 알코홀릭 중독치료 프로그램에 참여한 중증 알코홀릭이었다.
나의 일과는 돈 버는 일 외에 명희의 일거수일투족을 감시하는 데 보내야 했고, 명희는 갈수록 더 예민해질 수밖에 없었다.]

- 준호의 내레이션

5)

명희, 많이 불안하고 초조한.
비좁은 집안을 왔다갔다 서성이는.
침대에 앉았다 결심한 듯 일어나 냉장고 문을 열어 구석진 곳으로 손을 뻗는.
무언가가 잡히는.

무언가를 싼 손수건이 나오는.
손수건을 풀어보는.
각양각색의 풍선껌이 나오는.

명희 (비웃듯 냉정한) 철저하군그래!

명희, 장롱문을 여는.
이불이 쌓인 구석으로 손을 넣는.
무언가를 빼내는.
다른 패턴의 불룩한 손수건이 나오는.
명희, 극도로 화가나 집어 던지는.
명희, 주먹을 쥐며 바르르 떨며 소리 지르는.

명희 으아악!

#12 현실
1) 곤궁해 보이는 원룸, 명희의 방.
좁은 원룸에 재봉틀이 보이고, 재봉틀 옆에는 꽤나 많은 옷감들이 개어져 두 줄로 수북하게 쌓여있는.
세 개의 박스에는 여러 가지 색깔의 털실이 가득 담겨있는.

준호 (( )) 찾기 어렵진 않을 거야, 거기서 봐요. (준호 전화

를 끊는)

머리에 두건을 쓴 명희, 끊긴 핸드폰을 잠시 바라보다 정신을 차리는. 급하게 무언가 중요한 것을 찾듯 허름한 서랍을 뒤져 작은 손거울을 꺼내 얼굴을 만지는.

루루(강아지)가 명희를 바라보고 있는.

명희 (손거울을 보며 이쁜 표정을 짓는) 어때 루루, 엄마 이만하면 이쁘지?

명희, 조용한 루루를 보며 기운이 빠지는.

명희 (크게 실망하며) 오늘따라 더 안 이쁜가 보네.

루루의 머리를 쓰다듬는 명희, 우울한.

2) 준호의 사무실

준호, 무거운 표정으로 무언가 결심을 한 듯 핸드폰을 들고 전화를 거는.

벨이 울리고 통화가 시작되는.

효숙 (( )) (밝은 목소리로) 여보세요.
준호 (결심이 선 듯 빠르고 정확한 어투로) 명희한테 연락이 와서 통화했어, 무슨 일인지는 모르겠지만 뭔가 일이 있는 거 같애, 만나기로 해서 곧 나가봐야 해.

효숙 (( )) (많이 놀란 목소리지만 차분하게) 그, 그래요. 무슨 일일까요. (결심이 선 듯) 만나보세요. 만나기 전에 알려줘서 고마워요.

준호 너무 걱정하지 말고 있어, 다녀와서 얘기하지.

[품속에 늘 품고 있던 다이너마이트가 오늘, 지금 터졌다. 그 반경에 있는 이들의 아픔이 적지 않을 것이라는 생각으로 두 손을 모았다.]

- 효숙의 내레이션

#13 효숙의 회상 씬
1) 커튼이 쳐진 방
침대에서 안대를 한 효숙이가 잠에 빠져있는.
자그마한 거실에서 전화벨이 울리는.
잠시 끊기고 다시 울리기 시작하는.

효숙 (전화벨 소리에 짜증이 나서 안대를 걷어내며 일어나는, 감긴 눈으로 혼잣말을 하며 거실로 걸어가며) 엄마엄마, 전화를 받든지 전화를 없애든지. (수화기를 들며 잠이 덜 깬 목소리로) 여보세요.

준호 (몹시 다급하고 미안한) 누리아빠예요. 너무 죄송한데 누리 좀 데려다 봐주시겠어요. 저의 엄마가 못 올라가셔서… 아버지가 화장실에서 넘어져서 뼈가 부러져… (말끝을 흐리며)

효숙 (정신이 나는, 다소 격앙된 어투로 아무 문제 아니라는 듯) 네, 네 걱정 마세요. 누리 잘 데리고 있을게요. (미안한) 제가 잠이 들면 못 깨는 스타일이라서, 한참 애쓰셨겠네요.

효숙, 전화를 내려놓으며 허둥지둥 벽시계를 보는.
시계가 5시 43분을 지나는.

한가한 어린이집 창가에 외로운 듯 붙어 앉아 밖을 내다보는 누리, 누리가 있는 창문 곁으로 효숙, 다가가 활짝 웃으며 누리의 얼굴 모양대로 창에 손가락으로 누리의 얼굴을 그리는.
반응이 없던 누리, 효숙의 행동에 적응하며 환하게 웃는.
누리의 가방을 든 효숙, 어린이집 놀이터에서 그네를 밀어주는.
누리의 불안감을 달래주며 누리와 친숙해지는.

2) 효숙과 효숙의 모친, 누리가 있는 거실
효숙의 모친, 효숙과 누리가 노는 모습을 식탁에 앉아 물끄러미 바라보는.
효숙, 밥그릇을 들고 누리가 놀다가 다가오면 밥을 떠먹이고 즐겁게 호응하는.

모친 (엄숙해지며) 모녀가 따로 없네.

효숙 (꽤나 진지하게) 딸 할까? (다가오는 누리의 입에 밥을 넣어주며 어르는) 어이구 잘 먹네, 우리 누리.

모친 배 안 아프고 딸 얻고, 신랑 얻고, 로또세.

효숙 (모친을 쳐다보며) 진심이야 엄마?

모친, 효숙을 바라보며 천천히 고개를 끄덕이는.

효숙, 모친의 반응에 살짝 미소 짓는.

모친 참 아깝다 생각했었어, 나무랄 데 없는 사람인데 왜 죽을 쐈까 싶었지.

효숙 (덤덤한) 일찌감치 시험 패스했으면 잘 살았겠지.

모친 (화가 나는, 목소리가 커지고) 시험 안 됐다고 돌도 안 된 애를 버리고 도망가? 무책임하고 허영만 가득해서는 으으구 쯧쯧쯧쯧.

효숙 모친의 화를 내는 모습에 누리, 달려와 효숙에게 안기는.

효숙 (포근히 안아주며) 오 그래 괜찮아 누리야, 할머니 화 난 거 아니야.

모친 그래, (금세 희망에 찬 소리로) 우리 딸이 로또 되면 나는 사위 얻고 보너스 예쁜 손녀딸도 얻고! (식탁에서 벌떡 일어나 반찬을 정리하며) 오래 가지 않겠다 했었는데… (스스로 타협하며) 몇 년 더 끌면 뭐해, 아이나 애 아빠한텐 빠를수록 나은 결말이었지 뭐. (고백하듯) 엄마는, 누리엄마가 딸려 들어오기 그전부터 사위 생각 했었어 사실. 성실하지, 예의 바르지, 못 먹어서 누렇게 떠서 그렇지 뭐, 내가 며칠 거두면 인물이 빠질까, 슬슬 부추겨 볼까 했었는데!

효숙　(눈이 동그래지는) 누굴?

모친　나겠니? 남자 관심 없다던 너지. (얼른 화제를 바꾸는, 부드럽게) 누리야, 포도 먹을까?

효숙　엄마는 나보다 구성작가 하면 잘 하겠어 엄마에게 넘겨야겠네. (생각에 빠지며 누리의 얼굴을 보는)

모친　엄마가 뭐는 못할까. (웃는)

3)
준호, 누리를 데리고 동네를 산책하는.
운전을 하며 집으로 돌아가는 길에 효숙, 준호와 누리를 발견하곤 미소를 지으며 지나쳐가는.
효숙, 집 앞에 주차하고 왔던 길을 뛰어 내려가는.
잠시 후, 준호와 누리가 보이는.

효숙 (밝은 미소로 팔을 벌려 외치는) 누리야!

3, 4미터 앞에 이것저것 관심을 두고 있던 누리가 소리에 반응하며 효숙이를 보고 뛰어가는.

효숙 (뛰어오는 누리를 와락 껴안는) 누리야 오랜만이네. 잘 있었어? (누리를 안고 일어서며 준호 쪽으로 걸어가는) 나랑 이틀 잤다고 반가워하네요. (준호를 향해 활짝 웃는)

준호 (조금은 어색한) 좋은 기억이었나 봐요. 늘 방어적이어서 걱정했는데!

효숙 (준호를 보며) 제가 좀, 인물이 뛰어나서가 아닐까요? (스스로 민망한 듯 웃는)

준호 (효숙을 힐끗 보는) 그럴 수도 있겠네요. (웃는)

효숙 (정색을 하며) 아닐 수도 있다는 말 같은데.

준호 (허둥대며) 누리한테 물어보셔야 할 것 같은데요.

효숙 (바로 누리와 눈을 맞추며) 누리야, 나 이쁘면 뽀뽀해 줘.

누리, 효숙에게 바로 뽀뽀하는.

효숙 (누리를 보고 환히 웃으며) 봤죠? 고마워 공주님. (누리

의 볼에 뽀뽀하는)

준호, 효숙을 보며 웃는.

4)
검은 양복을 입은 초췌한 모습의 준호, 효숙의 집 식탁에서 식사를 하는.
효숙, 준호의 밥 먹는 모습을 바라보는.

효숙 안 먹혀도 국에 말아서 먹어보세요.
준호 네. (국에 밥을 말아 떠먹는)
효숙 불고기도요.
준호 네. (불고기를 집어 먹는)
효숙 (일어나 물을 따라 가져와 앉으며) 물 좀 마시구요.
준호 (목이 막히는지 힘들어하며) 네. (물을 받아 마시는)
효숙 어머니는 편히 잘 쉬실 거예요, 너무 급히 떠나셔서 애통하지만. (눈물을 글썽이는)
준호 (그제야 얼굴을 들어 효숙을 바라보며 울먹이는) 일이 너무 과하셨어요, 아버지도 보살펴 드려야 했고, 농사며 모든 일이 어머니 짐이었고 그 와중에 주말엔 누리를 봐주느라 올라오셨으니… (걷잡을 수 없이 눈물이 흐르는, 소리를 안 내려고 애쓰며 우는)

효숙 (등을 다독이는) 실컷 울어도 돼요, 엄마가 누리를 데리고 나가셨잖아요.

준호, 그 소리가 무섭게 소리 내어 우는.
효숙, 준호의 등을 두드려주며 살짝 안아주는.

5)
단정하게 챙겨 입은 효숙, 무언가 중대한 일을 품은 듯, 집 현관문을 열고 나와 반지하층으로 걸어가는.
반지하층 문을 노크하는.
기다렸다는 듯 준호, 현관문을 열고 나오며 가벼운 목례를 하는.
효숙, 잠깐 미소로 답하고 담대한 표정으로 앞서 걸어가는.
효숙과 준호, 집 옆 주차장으로 걸어가 사무적으로 차를 타는.

가로수가 늘어진 외진 드라이브 코스를 달리는.
많이 한적한 길가에 차를 대고 효숙, 서슴지 않고 책을 읽듯 앞만 보고 얘기하는.

효숙 오늘부터 사시 패스할 때까지 누리에 대해 프리예요. 잠도 내가 데리고 잘게요, 누리에게 해 줄 준수사항은 굳나잇 뽀뽀면 돼요.

준호, 눈을 깜빡이며 놀라 효숙을 보는.

효숙 어때요, 이제 본격적으로 해 볼 만하죠? 대전, 주말 금토일 아르바이트도 근절이에요. 아, 그리고 또 하나 있네요, 공부는 집에서 하든 다른 곳에서 하든 그건 선택사항으로 두겠어요. 아침은 알아서 빵 먹는 거 괜찮을 듯해요, 엄마도 연로하시고 나도 일해야 해서 아침에 움직이는 건 힘들 거 같아요. 누리도 어린이집 보내야 하니까. 다만, 집에서 공부하면 점심 저녁은 같이 먹으면 되구요. 나가서 공부한다면 저녁만 제공돼요. 어때요, 인지됐나요?

준호, 놀란 표정이 역력한, 아무 대꾸도 없는.

효숙 (조금 기다려도 아무 반응이 없자 준호를 잠깐 보고 다시 정면을 보며) 뭐… 모르겠거나 의문사항, (의문이 되는) 질문 시간을 줘야 하나. 좋아요, 질문해 보세요. (준호를 보는)

준호 (효숙을 보던 고개를 돌려 정면을 보며 두 손을 모아 깍지 끼고, 입으로 갖다 대며 골몰한, 바로 결심한 듯 손을 내리면서 법정 증인을 향해 묻듯 정면을 응시한 채) 누리의 엄마, 그리고 제 아내의 위치입니까?

효숙 (놀라 얼른 고개를 돌려 정면을 향하며) 이의 있으세요?

준호 (효숙을 보며 얼었던 표정이 부드러워지며) 이의… (생각을 하는) 없습니다. (말이 끝나고 더욱 엄숙해지며 결심이 선 듯 굳은 표정인)

효숙, 고개를 돌려 준호를 바라보며 엷은 미소가 번지는.
준호 또한 안정된 편안한 미소가 흐르는.
효숙, 미소 띤 얼굴로 오른손을 준호에게 내미는.
준호, 몸을 살짝 틀며 오른손으로, 내민 효숙의 손을 꽉 잡는, 서서히 미소가 흐르는.
효숙, 힘 있게 눈을 뜨며 확신을 주는.

#14 현실
야경이 보이는 거실 창가, 티 테이블에 티폿이 올려져 있는.
효숙, 찻잔에 티를 따르는.
효숙, 찻잔을 준호에게 놓으며 눈길을 준호에게 주는.
준호, 잔을 들어 깊이 마시고 테이블에 잔을 내려놓는.

사람들이 꽤 앉아있는 카페 안쪽, 문을 바라보고 앉아있는 준호 쪽으로 명희가 걸어오는.
거의 가까이 다가오자 준호, 조금은 상상보다 다른 명희의 모습에 놀라움을 숨기고 일어나 눈빛으로 예의를 표하는.
두건을 쓴 명희, 초라함을 들키지 않으려는 웃음으로 준호에게 악수를 청하는.

준호, 악수를 하고 명희가 앉기를 기다리다 앉는.

앉자마자 테이블의 진동기에서 진동음이 울리는.

준호, 눈으로 실례를 알리며 일어나 걸어가는.

명희, 두건을 이리저리 매만지고 옷의 매무새를 고치며 불편한 마음이 보이는.

준호, 차를 가져오는.

준호 (머그잔을 명희 앞에 놓아주고 앉으며) 코코아 시켰어요, 여전히 좋아하겠지 싶어서.

명희 (찻잔을 바라보며 잠시 생각이 깊어지며) 코코아! (미소를 지으며) 오랜만이에요 코코아도 누리아빠도!

준호 (여유를 주지 않는, 커피를 한 모금 마시면서 무거운 입을 떼는) 어려운 상황이라는 느낌으로 나왔는데. (무뚝뚝하고 다소 냉정한) 얘기해 봐요.

명희 (얼굴이 일그러지는) 내가 왜 누리아빠를 불러냈는지… 지금도 여전히 후회스럽네요, 오빠와 아이를 버린 그때처럼!

준호 (명희의 얼굴을 조심스레 쳐다보며 원망이 섞인 자조적인 어투로) 후회는 사치지요.

명희의 얼굴이 고통스럽게 변하는.

준호 (명희의 자존심이 무너지는 느낌을 보며 조금 미안한 생각으로) 20년, 늘 하는 일이 딱딱함으로 굳어져 있어요, 이해하면서 얘기해요.

명희 (굳은 얼굴로 코코아를 몇 모금을 마시는) 다네, 지금도 코코아가 단 건 내 몸이 살아있다는 증거겠죠. 그래서 감사하네요. 그리고 어제까지 모두에게 단절된 내게 오늘, 지금, 이 순간, 단절에서 구제됐어요. 이 세상에 단 한 사람이라도 말할 수 있는 상대가 있다는 게 이렇게 감사할까요! 그 상대가 나를 곱게 보든 말든! (코코아를 한 모금 마시고 내려놓으며) 나에겐 그 어떤 걸 섭섭하다고 할 입장도 처지도 아닌 걸 알고도 남아요. (다시금 곱씹는) 후회도 사치라고? 이 처지에 사치를 부릴 수 있어 그것도 좋네요, 누리아빠의 말 한마디가 냉정해서 (잠시 울컥한) 오히려 더 뻔뻔해질 수 있어 다행이에요. 어떻게 말할까 어려워서 입도 못 뗄 얘기를 훨씬 쉽게 할 수 있겠어요.

준호 다 잊었고 지웠다고 생각했었는데… 아직, 여전히, 내겐 깨끗하게 지워진 노트는 아니었나 봐요. (소리 없는 긴 한숨을 쉬는)

명희 (밖으로 눈길을 주며) 왜 안 그러겠어요, 멀쩡한 사람

내가 꼬셔 망쳐놓고, 게다가 돌도 안 된 아이를 버리고 도망쳐 나온 인간쓰레기, 뭐 잘 됐겠어 (혼자 말하듯이) 이렇게 망가질 일밖에는 없지. 나 버리고 도망간 엄마의 유전자는 늘 꿈틀대고 있었는데 감히 내가 누구의 보호자가 되겠다고? (현실의 회한으로) 망상이었고 날 너무 과대평가했어요. 지금 땅을 치고 후회막심이지만 아마, (눈물이 맺히는) 그 시절로 돌아가도 지 버릇 못 버릴 거야. 확신해! 난 그런 인간이니까요!

준호 (명희의 얼굴을 찬찬히 살피며) 어디가 안 좋은가요.
명희 버린 엄마라도 찾을 수 있었어요, 잘 살고 있으니까요. 그런데, 내 발길은 누리아빠네요! (눈을 감는)

(현실)
준호 (효숙을 힘없이 바라보며) 유방암 말기래, 항암하고 수술하고 방사선하고.

효숙, 눈을 감는.

준호 중학교 때 버리고 간 엄마는 결혼해서 아이도 낳고 꽤 잘 사나 봐, 그 후로 단 한 번도 본 적 없는 엄마를 찾아 짐이 되고, 그것으로 면죄부를 주긴 죽기보다 싫

었대. 그러느니 나를 찾는 게 낫겠다고 생각한 모양이야, 가장 큰 건 누리가 있고.

효숙 (준호의 말이 끝나기가 무섭게 화가 나 목소리 톤이 올라가는) 누리 얘기는 하지도 말아요.

준호, 놀라 효숙을 보는.

효숙 (깊은숨을 몰아쉬고 이성을 찾는) 시한부네요.

준호, 고개를 끄덕이는.

효숙 (고개를 숙이며 고통스러운 듯) 급한 일이네요, 당신을 찾았다는 건, 많이 급한 일이었을 거예요. 오늘 밤 생각해 볼게요, 어떻게 해야 할지.

준호 (효숙이를 안타깝게 바라보며) 그냥, 당신에게 말 안 하고 만났더라면, 간병인에게 맡기고…

효숙 (날을 세우며 말을 끊는) 그랬담, 당신과는 영영 이별이었을 테죠. (쟁반에 다소 거칠게 찻잔을 주워들고 주방으로 가는)

준호, 효숙의 차가운 움직임에 눈이 따라가는.

#15

가스 불 위의 죽을 저으며 죽 끓이는 일에 열중하는 효숙의 모습을 명희, 식탁에 앉아 촉촉한 눈으로 바라보는.

효숙 (눈을 명희에게 돌리는, 따뜻한 미소를 지으며 가스 불을 끄는) 다 됐어요, 맛있으려나.

명희, 환하게 웃는.

효숙 (죽을 퍼서 명희 앞에 놓아주는) 많이 먹어야 힘이 나요.

효숙, 맞은편에 앉으며 물김치와 장조림을 명희 가까이에 밀어주는.

명희 (뜨거운 죽을 천천히 뜨며 면목 없는) 잘 먹을게요. (먹는)

효숙, 미소 짓는.
자동키 소리가 들리고 현관으로 시끌벅적 누군가 들어오는 소리가 들리는.

효숙 (현관 쪽을 보며) 누구?
누리 ((소리만 들리는)) 누구긴, 엄마 예쁜 딸내미지.

죽을 먹던 명희, 눈이 커지며 어쩔 줄 몰라 하는.

효숙 (눈빛과 고개로 명희를 진정시키고 현관 쪽으로 나가며) 웬일이야. 다음 주 수요일에 온다고 하지 않았어?

명희, 현관에서의 효숙과 누리의 소리를 들으며 안절부절 못하는.

효숙 아이구 이건 뭐야, 뭘 이렇게 쇼핑을 했어 (누리의 쇼핑백을 들며.)
누리 서프라이즈, 엄마 좋아하는 니트 몰아왔지, 점점 추워지잖아. (누리, 효숙에게 달려들어 뽀뽀하는) 엄마아!
효숙 아이구, 우리 다 큰 애기.
누리 (투정을 부리며) 뭘, 아직 다 크려면 멀었는데 엄마는!
효숙 크기도 전에 이 주름은 뭐지?
누리 완벽하면 매력 없다며 애교주름 몰라 엄마?
효숙 그래그래 결혼할 때까진 애기지 뭐!
누리 그래그래 그럼 난 늘 애기 할 거야!
효숙 뭐라구?

누리, 도망치듯 복도를 뛰어오다 식탁 앞 명희를 보고 놀라 멈추는.
명희, 많이 긴장하며 일어서는.
효숙, 뒤따라 식탁으로 오며 누리와 명희를 살피는.
효숙, 쇼핑백을 식탁 의자에 놓으며 다소 긴장된 목소리지만 침착하게 명희와 누리를 소개하는.

효숙 미리 얘기를 못했는데, 누리야 인사드려. (손으로 명희를 에스코트하며) 어, 아빠 6촌 동생이야 몸이 좀 안 좋으셔서, 시골에서 병원 다니시는 게 어려워 우리 집에서 치료 받으시려고.

명희, 마주잡은 두 손을 비비며 그제야 입술을 살짝 떨며 누리를 보는.

누리 (긴장된 자세로 고정된 눈이 명희를 살피는, 명희의 엄지손톱에 시선이 가는 순간, 잠시 눈이 감기고 어깨에 힘이 풀리는, 다소 절망스러운 표정인) 안녕하세요, 누리예요!

[엄지손톱.
그녀의 그 두 개의 엄지손톱(옆으로 긴)만으로도 설명은 충분했다. 그녀가 날 낳아 준 엄마라는. 내 엄지손톱 유전인자의 100프로 증여자임을.]

- 누리의 내레이션

#16 누리의 회상 씬
1)
누리, 머리를 산발하고 안방 효숙의 화장대 서랍을 여기저기 열며 무언가를 열심히 찾는.

족집게를 가까스로 찾아들고 탄성을 지르는.

누리 우와, 금으로 만든 것도 아닌데 꽁꽁도 숨겼네! (앞으로 쏟아진 머리를 들추며 흰머리 하나를 뽑는. 다시 뒤지며) 염색을 해야 하나, 엄마 아빠는 말짱한데.

누리, 거울 쪽으로 바짝 다가가 흰머리를 찾느라 과하게 머리를 젖히다가 옆의 액자를 건드리는.
세 개의 액자 중 두 개가 떨어지는.
돌사진 누리의 액자만이 남아있고, 남동생의 돌사진과 효숙, 준호의 웨딩사진 액자가 떨어져 웨딩사진 유리가 깨지는.

누리 (또 한 번의 탄성을 지르며 짜증이 나는) 으아아 짜증.

누리, 바로 짜증을 누그러뜨리고 쪼그려 앉으며 남동생의 돌사진 액자를 주워 들고 그리운 듯 대화하는.

누리 (산발인 채) 우리 귀요미 공부 열심히 하고 있지, 공부 안 하고 파란 눈 아가씨와 연애만 한다는 엄마 잔소리에도 꿋꿋한 걸 보면 모쏠 누나랑은 충분히 다른 우월한 유전자가 있어 다행이야. (화장대 위, 자신의 돌사진 옆에 올려놓으며) 화이팅 내 동생.

깨진 액자에서 효숙, 준호의 웨딩사진을 주워, 눈 가까이 가져와 뽀뽀하고 화장대 위에 올려놓으려다 말고는 뭔가 스치듯 느낌이 오며 사진 끄트머리의 활자를 보는. 눈이 커져 가까이 확인하는.

축 웨딩 2001년 10월 30일
소스라치게 놀라며, 화장대 위 남동생의 돌사진을 들고 밑부분의 날짜를 뚫어져라 보며 두 사진의 날짜를 확인하는.

첫 돌 2002년 11월 20일
언젠가 들었던 효숙의 말이 누리에게 울려 퍼지는.

효숙 엄마 아빠 보물 1호, 누리는 허니문 베이비야.

2) 누리의 방
누리가 앉아있는 책상 위엔 안방 액자와 똑같은 액자 속에 어린 누리와 남동생, 효숙과 준호의 환히 웃고 있는 다정한 모습의 사진이 놓여있는.
누리, 액자의 유리를 꺼내 깨진 효숙, 준호의 웨딩사진에 넣는.
누리, 고여 있던 눈물이 흐르는.

[단 한 번도 상상해 본 일 없는 이 기막힌 사실은, 나를 전율케 했다. 엄마의 껌딱지로 살아온 내게 엄마는, 돌이켜보면 성녀의 칭호라도 붙여야 가능한 힘으로 나를 키웠다.]
- 누리의 내레이션

#17 현실
물병을 든 명희, 방을 나와 주방으로 가는.
주방에서 커피를 내리는 누리와 마주하는.
명희와 누리, 일순간 놀라며 몹시 어색한.

누리 (애써 침착한) 커피 한 잔 드릴까요?

명희 (갑작스런 상황에 당황함을 애써 누르며) 아, 아니 커피를 못 배웠어.

누리 (슬픈 듯 웃으며) 네에, 그럼 새삼스럽게 배우실 필요 없어요, 종종 드시는 음료를 알려주시면 다음에 마련해 놓을게요. (긴가민가하며 다시 묻는) 녹차는 어떨까요, 녹차는 있는데.

명희 (웃는) 녹차? 녹차 마실 여유가 없었어, (난감한 듯) 아, 아니 시간적인 여유 말이야.

누리 네에. (눈을 피하는 명희를 보며 아픈 듯 웃는)

명희 (즐겨 마시는 것이 있다는 과한 대꾸로 목소리가 높은) 코코아, 나 코코아 좋아해, 아이들 취향이지? (해맑게 웃는)

누리 (명희보다 과하게 대꾸하는) 아이들이 좋아하는 게 진짜 맛있는 거잖아요. 진짜 먹고 싶네. (명희의 눈을 피한 눈이 벌게지는)

[친모에 관한, 이해도 못하겠고 이해할 필요성도 없었던, 그래서 나와는 별개라고 규정지었던 모든 것이 허물어졌다. 내 심장이 어찌 이리 아플까. 굳이 하나도 알고 싶지 않았던 친모의 모든 것을, 단 몇 마디 대화로 그 삶을 송두리째 보는 듯했다. 도무지 이해할 수 없는 일을 한 사람에게… 나는 두 손을 들고 말았다.]

- 누리의 내레이션

#18 안방
화장대 오른쪽에 놓인 액자 세 개가 보이는.
효숙, 화장대에 앉아 로션을 얼굴에 바르고 손을 비비며 준호가 잠들어 있는 침대로 가 조심스레 등을 기대앉으며 아픈 듯 목 운동을 하는.
잠든 줄 알았던 준호가 인사하는.

준호 수고했어.
효숙 (고개를 돌리며) 자는 줄 알았는데, 시끄러웠나 봐요.
준호 아니, 자면서 인사하는 거 자동반사야.
효숙 (살짝 웃는) 침대에 들기 전에 자동시스템은 꺼야지요. (씁쓸한 미소를 지으며) 요즘은 자동시스템 있으나 마나죠. 마음이 부대끼니 자동시스템이 잘 안 먹히는 거 같아요.

준호 (등을 돌려 똑바로 누우며) 나는 출근하면 잊고 일하지만 당신이 말이 아니지, 이래도 되는 건가 싶어.

효숙 누가 해도 해야 하는 일이라면 달게 해야죠. 내가 사랑하는 딸의 엄마예요.

준호, 일어나 헤드에 기대 똑바로 앉는.

효숙 내가 의지하고 믿는 남편의 전처로도 충분한데, (다시 고개를 좌우로 돌리며 목 운동을 하는) 내 딸의 엄마니 내 일이지 누구의 일이겠어요. (입꼬리가 올라가는 미소로) 힘들지 않아요.

준호 (효숙을 애처로이 바라보며 말문이 막히는, 효숙의 등을 두드리며) 얼른 잡시다. 자동시스템 모드로 돌입, 몸이 시스템에 먹히지 않으니 유감스럽지만, 그게 나이겠지.

효숙 나이요? (고개를 끄덕이며) 뭐랄까 이제 인생이 나이에 적응하는가 싶었는데… 세상의 움직임이 너무 빨라요. 변화 앞에는 속수무책이고 상전벽해는 옛말이에요.

준호 세상 변화에 그리 관심 없으니 됐지 뭐.

효숙 (고개를 저으며) 변화에 관심이 없지 않아요, 그런데 관심이 있다 해도 젊었을 때처럼 야무지게 못 따라가잖아요, 그런데도 애끓지도, 답답하지도, 못해서 옹졸한 마음도 없고, 대부분 포기 상태예요. 그러니까 방어기제로 모든 걸 포용하려는 나름의 해결 방안이 생기는 거 같아요, 다행이죠 뭐.

준호 당신은 젊었을 때도 전혀 옹졸하지 않았어, 포용력 갑. 그날, 자동차 드라이브시켜 준다고 날 데리고 나갔던 날, 그 구렁텅이에서 나를 끌어내 주었잖아! 그 포용에, 혜택의 수혜자는 나지.

효숙 그럴까요, 그랬담 그 틀을 만들어 준 제공자는 아마 당신이었을 거예요. (준호를 보는) 내가 덮어놓고 좋아했으니까!

준호, 효숙을 한쪽 팔로 둘러 안는.
효숙, 머리를 준호의 어깨에 기대는.

효숙 혜택받은 수혜자도 당신이고 제공자도 둘 다 당신이네요. (미소 짓는) 그래서 그 책임감이 크겠어요.

준호 그렇담 나 혼자 북치고 장구도 친 셈인가. (도리질을 하며) 책임감은 아니야, 당신의 천성에 자연스레 스며든 거지, (의심스레) 아니면 복종인가?

효숙 (입가에 미소가 흐르는) 스며든다, 복종, 좋네요. 수씨

성을 가진 혜자씨 이제 자요.

준호 (효숙의 팔뚝을 툭툭 치며) 그럽시다. 성은 제씨 이름은 공자 잡니다 (눕는) 이름 부자네. (웃는 소리가 퍼지는)

효숙, 미소를 띠며 준호를 둘러보곤 스탠드 불을 끄는.

#19
침대 옆, 사이드 테이블에 뜨개질 바구니와 차곡차곡 책이 쌓여있는 명희의 방.
벽에 걸린 시계가 새벽 2시 35분을 가리키는.
침대 헤드에 베개와 많은 쿠션으로 등받이를 하고 기대앉아 책을 읽는.
잠시 후 책을 덮고 침대 위에 책을 신경질적으로 내던지는.
눈을 감고 잠시 심호흡을 하곤 침대 옆 사이드 테이블 위의 뜨개질 바구니에서 밑단이 제법 짜인 아이보리색 스웨터를 꺼내는.
뜨개질을 시작하려다 말고 숨이 찬 듯 입을 벌려 깊은 호흡을 하며 벌떡 일어나는.
테이블에 놓여있는 거의 빈 물병을 들고 조심스레 주방으로 가 불을 켜는.

정수기에서 물을 채우고 주방 불을 끄려는 찰나, 눈에 들어오는.
아일랜드 위, 큰 바구니 안에 여러 종류의 코코아가 수북이 담겨 있는.

다가가 뚫어져라 바라보는, 미소를 띠며 눈물이 떨어지는.

[왜 나는 또 이런 고통을 딸에게 주는가 한 번도 모자라서! 후회 속에 살았다고 하는 말은 내 자신을 방어하는 터무니없는 거짓일 뿐, 버려진 이들이 느끼고 아팠을 고통을, 그 어떤 것으로 보상 받을 수 있을까? 나 또한 버림받은 경험자로, 이런 행실을 하는 나 자신이 진절 넌더리나도록 증오스럽고 구역질 날 뿐이다.]

- 명희의 내레이션

#20
1) 효숙, 명희 그리고 준호
운전을 하는 효숙 옆에 명희가 앉아 있는.
잠시 후 대법원이 보이는.

효숙 (눈으로 따라가며) 대법원이에요, 누리아빠가 일하는 공간. (무슨 생각을 하는지 살짝 미소 지으며) 명희씨가 성질 급하지 않았으면, 어느 날 내가 차 타고 지나가다가 옛날 반지하에 세 살던 한 남자가 여기서 일하고 있을지도 모를 거라는 상상을 하고 지나갔을 테죠. (웃는)

명희 (대법원을 살펴보며) 성질 급한 제가 고맙죠?

효숙 명희, 동시에 웃음이 터지는.

차가 정차하고 바로 뒤, 차 문이 열리고 준호가 타는.

준호 (효숙과 명희가 웃는 소리에 이상한 듯 차 문을 닫으며) 소똥이 굴러가도 웃을 나이는 벌써 지났는데! (뭔가 궁금한 표정인)

효숙 그럼요 (차가 출발하는), 소똥 가지고 웃을 나이는 벌써 지났죠, 이젠 법원 갖고 웃을 나이인가 봐요.

준호 허허, 법원이 웃을 거리라니 난 울고 싶네!

효숙 자격지심은 갖지 말아요. (뒤를 살짝 보며) 좀 기다리려나 했는데 정확하네요. 쌓인 일이 수월했나 봐요.

준호 청탁 아닌 밥 먹자는 일은 시간 엄수, 내 철칙인데.

명희 (자신 없는) 청탁은 아니고 심심한 부탁이에요, 잘 봐달라는. (옆의 효숙을 보며 미소 짓는)

효숙 (명희 대신 변명하듯) 집에서 따뜻한 전골해서 먹으면 되는데. 명희씨가 샤브샤브 먹자고, 누리아빠도 좋죠?

준호 오늘 날씨에 딱이네.

명희 (웃는) 오빠는, 먹는 걸 가지고 날씨에 맞추는 건 여전하네요. (입을 막는) 제가 과거를 들먹였네요…

효숙 그 정도로요. 앞으론 좀 더 센 자극적인 과거소환 괜찮을 듯해요. (웃는) 누리아빠는 날씨, 기분, 여타의 어떤 핑곗거리로도 진짜 먹는 거에 진실해요.
준호 (고개를 끄덕이며) 사실에 입각한 증인들의 발언에··· 인정합니다, 고의는 아니고 입맛 좋은 태생이라는 혐의 사실은 피할 수 없습니다.

효숙, 명희 크게 웃는.

2) 효숙과 누리, 두 모녀
효숙, 마켓에서 물건이 든 카트를 밀며 통화를 하는.

효숙 (당황하는 기색인) 갑자기? (효숙, 카트를 세우는)
누리 (( )) 그동안 생각 중이었어 엄마. 좀 있으면 서울 시향 오디션 있고, 정희 스튜디오 이용하면서 준비해 보려구, 피아노 반주자 맞추기 힘 드는데 정희가 척척해 줄 거구, 여기서는 집 생각이 많이 나고 외로워 마음이 안정이 되질 않아.
효숙 그래, (낙담이 되는, 카트를 밀며) 잘 적응하는 줄 알았지 엄마는. 그런데, 좀 힘들어도 시향에 있으면서 현역에서 옮기는 게 낫겠지 싶은데··· (근심스러운 표정인)
누리 (( )) (목소리가 올라가는) 엄마 내 실력 못 믿어?

효숙 (미안한) 못 믿긴, 서누리 첼리스트가 최고지! (조금 생각이 깊어지다가 바로 포기하는) 잘했어, 지금 생각하니 참 잘한 거 같아, 그렇게 해.

누리 (( )) (밝아지며) 그럼 짐 싼다 엄마.

효숙 엄마가 내려갈까?

누리 (( )) 무슨, 벌써 줄 거 다 주고 버릴 거 다 버렸어 박스 몇 개야.

효숙 (큰소리가 나는) 뭘 물어 생각대로 다 준비해놓고.

누리 (( )) (기가 죽는) 준비 다 했어도 엄마가 도장 안 찍어주면 다시 짐 풀어야지.

효숙, 계산대에 물건을 올리는, 누리와 통화가 이어지는.

[나는 누리가 시향 단원에서 이직해야 한다는 욕심만으로, 아파서 시간이 부족한 친모 명희의 생각은 조금도 하지 않은 사실을 깨달으며 내 불량한 양심이 어느 누군가에게, 머리를 세차게 얻어맞은 느낌을 지울 수 없었다.]

- 효숙의 내레이션

3) 효숙과 명희, 두 여자
효숙, 단풍이 들어가는 나무를 둘러보며 파란 하늘을 올려다보는.

야트막한 하얀 대문 옆으로 덩치 큰 리트리버 두 마리의 줄에 딸려가는 빨간 체크 스카프를 머리에 두른 뚱뚱한 이웃이, 소리 지르듯 인사를 건네며 지나가는.

뚱뚱한 이웃 (쌍둥이들의 젊은 할머니) 잘 지내죠 누리엄마.
　　　(후다닥 딸려가 보이지 않는)
명희, 루루를 안고 현관문을 열고 나오며 이 모습을 보는.

효숙 (소리 나는 쪽으로 달려가 소리를 지르는) 놓지 말아요 그 줄, 방울이 밤비 모녀가 달리게 해주니 얼마나 좋아요. (소리를 더 지르는) 달려야 해 파이팅이에요.
뚱뚱한 이웃 (멀리서 들리는) 누리엄마도 달려 봐요 이게 쉬운 일인가! (거의 비명에 섞인 소리로) 으아, 죽겠다 엄마, 그만 뛰어어어!
효숙 달려요, (그 모습을 보며 웃으며 소리치는) 달려야 해요.
명희, 현관문 앞에서 안고 있던 말티즈 루루를 조심스레 내려놓고 테라스 의자에 앉는.

명희 (나지막이 혼잣말로) 달린다는 말, 오랜만이네. 달리지 않고도 설렐 수 있다면 그건 기적이지!
효숙, 루루가 곁에 오자 손을 내밀어 턱밑을 만져주며 명희를 보고 웃는.

명희 (하늘을 올려다보며 작은 미소로) 가을 하늘이 어제랑도 달라요, 더 높고 더 파랗고.

효숙 (발걸음을 옮기며 명희 쪽으로 가는) 천고마비, 말이 살찐다는데 잘 먹어서일까요. (웃는) 가을만 되면 말들이 살찐다고 하니까요. (하늘을 올려보며) 정말, 하늘이 오늘 따라 더 맑고 높네요. 말이 살찔 만하죠. (다가와 의자를 빼서 앉는)

명희 (자리에 앉는 효숙을 뚫어져라 바라보며 표정 없이 덤덤한) 말까지 살찌게 하는 좋은 계절이에요!

효숙, 긴장이 되어 명희를 바라보는.

명희 즐길 수가 없어요. 말까지도, (웃는) 모든 게 부러움의 대상이에요. (심각해지는) 그리고 이렇게 샅샅이 다, 모든 게 귀하고 소중하네요. 그런 것도 모르고 살았어요, 이렇게 다, 고맙고 감사할 일 뿐인 걸 내게는, 감사는 없는 단어였어요.

효숙 (테이블 밑의 바구니에 모포를 꺼내 들어 명희의 무릎에 덮어주는) 감사함, 가볍지 않은 단어잖아요. 세세히 살피고 들여다보고 그래서 감동이 일고, 쌓이고 쌓여서 느낄 수 있고 깨닫게 되는 거죠, 감사함을 가까이 두고 사는 사람은 천사나 성자일 수 있어요. (웃는) 명희씨는 빨리 느낀 거예요 자책할 이유 없어요.

명희 (온화한 미소로) 언니는요?

효숙 (하늘을 우러러 바라보는) 다행히 나에겐, 준호씨와 함께 누리라는 덤이 함께 왔어요. 일상적인 일이었더라면 아마 지금도 감사함을 모르고 살고 있겠죠. 나에게, 부탁도 드리지 않은 선물을 주셨잖아요 그러니 얼마나 감사하겠어요. (웃으며 갸우뚱하는) 그렇게 되면 나도 천사라는 말인가?

명희 (눈물이 고이는) 선물이었군요, 무거운 짐이 아닌. (효숙을 보며) 보이는 거, 마음이 쓰이는 거, 생각이 미치는 거 모두, 생각해보면 감사함 없인 보이지도 않고 마음이 쓰이지도 생각이 미치지도 않는 일이라는 걸, 병을 얻고 알았어요. 사람이 된 거죠,

효숙, 애잔히 명희를 바라보는.

명희 그런 거 다 몰라도 되니 건강하면 좋겠다고 떼도 써봤어요. 떼써서 되는 일도 아니더라구요. (효숙을 보며 웃는) (덤덤한) 이제 떼쓰는 시간은 지났어요, 감사의 시간이에요 모든 게 다!

효숙, 명희 곁으로 가 어깨를 안아주는.

명희 (효숙에게 기대는) 말로 끄집어내 부탁하지 않아도 보이는 믿음이 언니에게 있어요, 누리는 완전한 언니의 딸로, 비집고 들어갈 수 없는 단단함이 보여요. 지금 제 처지에는 그야말로 최고의 감사함이죠. 그렇지만 한 가지! (고개를 들며, 정원의 풀내를 맡으며 뛰노는 루루에게 시선이 멈추는) 밥을 줘야 하고 물을 줘야 하는, 때맞춰 화장실을 데려가야 하는 저기 루루요. 어쩌면 루루 땜에 누리아빠에게 전화했을지도 몰라요, 나야 이왕… 쓰러져버리면 될 일이지만, 내가 떠나면 그 순간부터 해결해야 할 문제를 하나도 해결하지 못한 채, 루루가 처할 고통이 겁이 났어요. 미칠 듯이 말이죠. 뻔뻔하죠, 내가 낳은 아이는 나 몰라라 내팽개치고 나간 인간말자가 웬 강아지라니… (효숙을 눈물 가득한 눈으로 보며) 루루를 부탁해요.

효숙 (꼭 껴안아 주며) 아무 걱정하지 말아요, 우리에게 그리고 루루에게, 오래 곁에 있으면 돼요. 루루도 우리 집의 귀여운 식구가 된 걸 알잖아요.

밖의 소리에 루루가 짖으며 반응하는.

4) 준호와 명희
은행잎이 떨어지고 쌓인 길을 준호, 명희의 휠체어를 밀고 천천히 걸어가는.

명희 (고개를 옆으로 약간 돌려 준호에게 속삭이듯이) 언니는 내가 상상할 수 없을 정도로 사랑이 깊은 분이에요 오늘, 지금, 내가 볼 수 있고 느낄 수 있는 이 아름다운 상황을 이렇게 제공해 주시네요. (고개를 돌려 정면을 응시하며 나지막이) 덤으로 오빠와의 시간까지!

준호 (민망한 듯 이쪽저쪽 하늘을 바라보며 미소를 머금은) 내가 덤이라면… 명희야 너는 오늘 횡재수가 있는 거겠지? 맞니?

명희 (미소 짓는) 그럼요, (잠시 생각하듯) 소싯적 내가 안경을 맞춰 썼더라면 보였을 텐데 멋 부리느라고… 그땐 오빠 보는 걸 실패했어요.

준호 그래 내가 여유롭지 못해서 안경도 하나 맞춰주지 못했네. 늦었지만 사과할게!

명희 사과라뇨, 참 다행이죠, 아마 절대 편안한 가정 행복한 가정은 없었을 거예요, 나와는. 정말 일생일대의 큰 횡재죠 오빠에겐.

준호, 대답 없이 걸으며 잠시 눈을 감는.

[그 예쁘고 발랄한 명희의 모습에 취해 살다가 명희가 어린 누리를 두고 떠나자 내 안의 분노는 내 목표를 초과달성 시켰지만 그것으로 명희를 용서하기는 내 마음의 그릇은 옹졸하기 이를 데 없었다. 그렇다면 보란 듯이 잘 살지 왜 이렇게 나타나는가!]

- 준호의 내레이션

5) 생모 명희와 누리
누리, 창문을 열고 손이 바쁘게 창가 틀의 먼지를 닦아내고 있는.
책상 옆에는 첼로가 놓여있는.

명희, 반쯤 열려있는 누리의 방을 서성이며 잠시 들여다보곤 다시 서성이는.
누리, 명희의 행동을 알아차리는.
누리, 뒤돌아서서 계단으로 발걸음을 옮기려는 명희의 손을 잡는.
명희, 돌아서서 조금 긴장된 표정으로 누리를 보는.
둘의, 잡은 손이 잠시 떨리며 서로의 눈이 흔들리는.

누리 (밝은 표정으로, 다소 격앙된 톤으로) 청소 다 하고 내

일쯤 제 방 구경시켜 드리려고 했어요, 초대 시간을 변경해 지금 들어오셔도 되지만, 창문을 열어 놔 좀 추워요. 한 시간 뒤에 오세요. 제 방에 초대합니다. (조금은 어색한 표정으로 웃는)

명희 (눈은 슬프고 입술은 웃는) 그럴까, 한 시간 내로 준비할 수 있으려나 모르겠네. 초대받는 일은 서툴러서. (서둘러 피하는 듯) 빨리 준비하고 올게. (손을 놓으며 계단으로 성급히 내려가는)

누리, 놓은 손을 천천히 입으로 가져가는. 슬픈 눈으로 명희의 뒷모습을 바라보는.

[한 집에서 두 엄마가 살고 있다. 두 엄마!
복잡한 마음속에서 심플을 위장하는 나는 일류 배우다. 두 엄마는, 일류 배우의 딸을 가진 그야말로 베테랑 배우다. 베테랑 배우들! 그 마음들은 오죽하려나.]

- 누리의 내레이션

#21
누리, 돌돌 말아진 배달 온 자줏빛 페르시안 느낌의 카펫을 방 중앙에 깔고, 2층 거실의 클래식한 의자를 가지고 들어오는.

효숙 (테이블보를 들고 들어오는) 카펫이 생각보다 멋지네. (방문 옆 테이블 위에 테이블보를 까는) 스테이크만 잠깐 구워 접시에 올리면 돼. (냅킨 위에 포크와 나이프를 놓고 양식기를 두 개 세팅하는)

누리, 뒤에서 효숙을 꼭 안는.

효숙 (입꼬리가 올라가는) 이게 백허그 라는 거지? 생각보다 뭉클한데.

누리 (나직한 어투로) 내 마음을 볼 수 있으면 더 뭉클할 걸. 약과야 엄마 이건.

효숙 우리 딸 마음을 봐야만 아나 눈만 감아도 알 수 있는데.

효숙, 뒤돌아 누리를 안는.
누리, 눈을 감고 입술을 쭈볏 내미는.
효숙, 누리의 입술에 뽀뽀하고 잠시 동안 안고 있는.

효숙 (갑자기 서두르며 누리의 엉덩이를 툭툭 치며) 자 얼른 준비해야지, 파티를 당겨 해서 바쁘다, 엄마도 출발 20분 전이야.

누리 엄마도 어울려 술 마셔, 아빠 수행원도 아니고 허구한 날 운전병이야.

효숙   그래 오늘은 코 좀 삐뚤어지고 대리 불러야겠다. (방을 나서는)

누리   즐겁자 엄마.

효숙   그러자, 아지매랑 행복하고 즐거운 파티해!

[내 마음을 알았는지 엄마가 먼저, 낳아 준 엄마와의 처음이자 마지막일 것 같은 파티를 주관해 주었다. 작은 조촐한 파티지만 내 생애 잊을 수 없는 최고의 파티리라.]

- 누리의 내레이션

#22
테이블 위, 화려한 가니쉬에 스테이크가 담긴 접시와 빵과 귤 바구니, 주스 병과 잔이 두 개씩 세팅 되어 있다. 명희의 죽도 보이는.
누리의 활짝 열린 방 오디오에선 엘가의 '사랑의 인사'가 들리고, 그 연주곡을 들으며 명희, 깔끔한 원피스를 입고 손에는 선물인 듯 박스를 들고 계단을 올라오는. (루루도 뛰어 올라가는)
사랑의 인사가 흐르는 가운데 누리의 방으로 들어오는 명희를 누리, 환한 미소로 명희의 손을 잡고 에스코트하며 암체어에 앉히는 (예행연습 없이 맞춘 것도 아닌 자연스러운 예절 의식처럼)
의자에 앉은 명희에게 신발 박스를 명희의 발밑에 놓는.
누리, 꿇어앉아 박스 안 화려한 큐빅이 박힌 플랫슈즈를 꺼내 명희의 발에 신겨주는.
명희, 긴장된 표정으로 누리의 선물을 받는.
명희, 눈물이 고인 반짝이는 눈에는 만감의 행복을 느끼는.
루루가 둘의 행동을 바라보는.
명희, 일어서서 발레를 하듯 사뿐히 걸어 보이며 누리를 향해 환히 웃는.
누리, 환한 명희의 얼굴을 보며 미소 짓는.

둘만의 만찬이 시작되는.
주스를 따르며 건배하는.
사랑의 눈빛을 보내며 기쁨의 파티를 즐기고 있는.
루루가 테이블 밑에 마련된 자신의 만찬을 맛있게 즐기는.

오픈한 선물 박스가 바닥에 보이고, 암체어에 앉은 명희가 조금은 힘겨운 모습으로 모포를 덮고 기대 앉아, 무릎의 바구니에 있는 귤을 까며 누리를 바라보는.
명희가 뜬 풀오버 스웨터를 입은 누리, 거울을 보며 좋아하는.
누리에게 명희, 귤을 건네는.

명희 누리야, '아' 해!
누리 (귤을 받아먹으며) 내가 좋아하는 색이 아이보리랑 보라색이에요, 그리고 저는 니트를 너무 좋아하는데, 이렇게 이쁜 걸 뜨시다니! (한가득 입이 터질 듯 귤을 먹으며 말을 하는) 겨울이 늘 기다려질 것 같아요. 설레는 겨울이요!

명희, 누리의 입에 가득한 볼을 흉내 내어 입에 바람을 잔뜩 집어넣고 누리를 바라보며 서로 소리 내어 깔깔대며 웃는.

명희 (방문 앞에서) 행복을 주는 공주님, 오늘의 파티는 디즈니 영화를 찍나 싶었어, 아름다운 파티에 (울컥한 마음을 애써 다스리며) 초대해 줘 많이 고마워. (환히 웃는) 나도 초대합니다, 첫눈 오는 날 만나요. (사랑이 가득한 미소를 보내는) 첫눈이 몇 시에 내릴지 모르는 관계로 시간은 오픈합니다. 눈이 조금 내리다 그쳐도 유효합니다.

누리 (손을 드는) 질문 있습니다. 만약 밤새 내리고 그쳤다면 어떻게 하나요?

명희 보자마자 파티 준비 돌입합니다, 주최 측은.

누리 (근심 어린 표정인) 언제, 어떻게 내릴지 유동성이 많아서 아지매와 저의 타이밍이 잘 맞을지.

명희 (부드러운 미소로) 타이밍은 전적으로 내가 맞춥니다. 집에만 있으니까 됐구요 다만… (고개를 잠시 떨구는,

어두워지는. 바로 고개를 들며 강한 의지를 보이는) 버티기 한 판쯤, 문제, (고개를 흔들어 보이며) 없습니다. 이래 봬도 젊었을 때 깡다구 미스 성이었답니다.

누리 (슬픈 눈으로 웃으며) 깡다구 미스 성, 초대해 주셔서 감사합니다.

명희, 계단을 내려와 위에서 바라보고 있는 누리에게 한껏 미소로 답하곤 방문을 여는. 방문을 닫자마자 급하게 화장실로 뛰어 들어가는.

루루가 방문 앞에서 낑낑대며 엎드려 있는.

무언가 이상한 느낌이 든 누리, 뛰어 내려가는.

희미하게 토하는 소리가 들리는.

누리, 급하게 방문을 열려 하자 잠겨있는.

누리, 힘이 빠지며 주저앉는.

소리 없는 눈물이 솟구쳐 흐르는.

누리, 루루를 꼭 껴안고 흐느끼는.

이윽고 방 안에선 음악 소리가 들리기 시작하는.

[첫눈이, 되도록 빨리 내리기를 기도한다. 내 몸이 최소한, 초대한 손님에게 서비스를 제공할 수 있을 만큼의 컨디션이 되어야 할 텐데… 그것이 내겐 가장 큰 마지막 숙제다.]

– 명희의 내레이션

#23
창밖으로 보이는 누리의 방.
연주를 하다말고 시선을 창밖으로 돌리는.
창밖의 앙상한 나무에서 바짝 마른 나뭇잎이 바람에 떨어지는.
첼로를 놓고 창 쪽으로 달려가 하늘을 살피며 바라보는.
로드리고의 '어느 귀인을 위한 환상곡' 2악장이 흐르는.

[첫눈이 내릴까 봐 마음을 조이며 수시로 하늘을 올려다본다. 낳아준 엄마와의 파티는 좋지만 첫눈이 내리는 날의 파티는, 다음 해의 첫눈이 내리는 날의 파티를 기약할 수 없기 때문이다. 낳아 준 엄마가 무슨 색을 좋아하는지, 가정을 버리고 어떤 삶을 살았는지, 이젠 알고 싶다. 버려진 나는 버려진 삶이 아니었기에 감사하게 잘 자랐지만, 미루어 홀로 고독했을 엄마의 삶을, 조금이라도 그 삶에 가까이 다가가 위로해 드리고 싶다. 그리고 있는 힘을 다해 행복한 순간을 만들어 드리고 싶은데, 낳아 준 엄마의 방에선 그동안은 들리지 않았던 음악 소리가 더 자주, 더 크게 들릴 뿐이다.]

- 누리의 내레이션

#24
동네 꽃집 앞에 차를 댄 누리, 차 트렁크를 열고서 꽃집으로 들어가는.

꽃집 안의 칼랑코에를, 누리와 꽃집 주인과 알바생이 줄줄이 트렁크로 나르는.

칼랑코에가 트렁크에 가득한.

누리의 차가 집 앞에 주차하는.

누리, 차에서 내려 트렁크를 여는 동시에 효숙, 운반 카트를 끌고 나오는.

누리, 효숙에게 살짝 뽀뽀해주는.

효숙과 누리, 카트에 칼랑코에를 싣는.

명희의 방, 창가 콘솔 위에 색색의 칼랑코에가 가득한.

효숙과 누리, 명희의 침대를 핑크 무드의 꽃무늬 이불로,

네 모퉁이를 잡아 이불 끝을 펄렁이며 내려놓는.

기쁨에 겨워 누리, 효숙을 안는.

누리 (흡족해서 둘러보는) 엄마, 꽃밭이다 이 겨울에! (효숙을 바라보며 박수를 치는)

효숙 (기도하듯 손을 모으며 두 손을 입으로 갔다 대는) 응응, 아지매가 많이 설레시겠다!

[누리아빠와 병원에 갔다 온 사이, 내 방은 천국이 돼 있었다. 죄 많은 내가 결코 가지 못할 천국을, 아름다운 두 모녀가 나를 지상의 천국으로 인도해 주었다.]

- 명희의 내레이션

#25
명희의 방에서 현란한 음악 소리가 흘러나오는.
식탁에 앉아 토스트에 아침을 먹는 준호와 효숙, 동시에 고개가 명희의 방으로 향하는.
준호와 효숙, 잠시 멍한 채로 방문을 지켜보던 고개가 서로를 향해 돌아오며 걱정스레 마주보는.

효숙 (들고 있던 토스트를 접시에 내려놓고 한숨을 몰아쉬며 어두운 표정인) 요즘 부쩍 음악 소리가 자주 들려요.

준호 (들었던 커피잔을 내려놓고 무언가 골똘히 생각하며) 신나는 곡인 거 보니 처진 마음을 좀 밝게 만드느라고 그러나, 잘하는 거지?

효숙 (짜증 섞인) 절대 당신의 생각과 심증은 믿지 말아요. 판결에는 단 1프로도.

준호 (그제야 놀라 효숙을 보며) 통증?

효숙 (고개를 끄덕이며) 가 봐요 당신이. 난 두려워요.

준호 또한 두려운 듯 일어나 명희 방으로 발걸음을 향하는.
준호의 티 끄트머리를 잡고 효숙, 종종걸음으로 뒤따라가는.
준호, 명희의 방을 노크하는.

명희, 아무 대답이 없는.

준호와 효숙, 눈을 마주치며 고개를 끄덕이며 사인을 보내는.

준호, 심호흡을 크게 하고는 방문을 여는. 문이 열리자마자

명희, 정신없이 춤을 추고 있다가 문소리에 준호와 명희를 보는.

명희, 아랑곳하지 않고 잘 추는 웨이브로 계속 춤을 추며 들어오라는 손짓을 보내며 춤을 유도하는.

효숙, 안도하는 기쁜 얼굴로 무대에 뛰어들 듯 들어가 명희의 춤을 어설프게 바로 따라 추는.

놀란 얼굴로 뻣뻣하게 서있는 준호에게 손짓으로 불러들이며 효숙, 되지도 않는 웨이브를 보여주는.

준호, 따라 할 생각이 전혀 없이 멍하게 바라보는.

헐레벌떡 방문으로 고개를 삐쭉 내민 누리, 이른 아침 춤 파티에, 파자마 바람에 머리는 산발인 채, 부스스한 얼굴로 미친 듯 준호를 밀고 들어와 소리 지르며 현란한 춤을 추기 시작하는.

효숙, 정신없이 춤을 추며 빨리 추라고 엉덩이로 준호를 밀어대는.

준호, 발동이 걸리고, 젊은 시절 춤을 추기 시작하는.

네 명이 음악과 함성으로 시끌벅적한 춤판이 벌어지는.

모두가 소리 지르며 춤을 춰대는, 너무 즐거운.

[내가 시시각각 틀어대는 음악 소리에 식구들 표정이 뭔가 석연치 않은 느낌을 느끼는지 많이 위축돼 보인다. 통증을 가리기에 한계를 느끼지만 들통이 날 때 나더라도 내 방에서

들리는 음악 소리는, 내가 춤을 추며 즐기고 있다고 생각하도록, 내 방 밖의 사랑하는 아름다운 이들에게 더 이상의 걱정을 끼치고 싶지 싶다. 오늘 아침 나는, 그 옛날 놀던 물에서의 핫한 명희가 되어 식구들과 광란의 아침을 열었다.]

– 명희의 내레이션

#26
명희, 뜨개질로 뜬, 작은 선물이 들어갈 크기에, 각가지 색의 양말 네 개를 벽난로 벽에 나란히 걸며 간격을 맞추고 있는.
효숙, 귤을 먹으면서 귤 세 개를 들고 돌리고 있는. 귤을 따라 거실을 헤매는. (거실에서 귤을 따라가며 현관 쪽에 가 있는) 명희, 간격을 맞추다가 소파 쪽에 있을 명희가 현관에서 귤을 돌리고 있는 모습을 보고 놀라며 질문을 하는.

명희 (소리가 큰) 언니, 서커스단에 있었어요?
효숙 (귤을 떨어뜨리는, 소리 내어 웃으며 굴러가는 귤을 집으며 소파 쪽으로 걸어가며) 어릴 때, 재주라곤 없었어요, 고무줄놀이도 못 했으니까. 어느 날 티비를 보다가 아 저거다 싶어 연습했는데, (인정하듯 고개를 끄덕이며) 꽤 잘했어요. 귤 나올 때 되면 생각나서 하게 돼요, 경력은 서커스단에서 서로 모셔갈 판인데, 이제 팔이 고장 나서 실력은 꽝이네요. 슬슬 딴 재주로 갈아탈까 봐요.

명희 (걱정되는 표정인) 갈아타지 마세요. 귤 대용품 구해서 꾸준히 하세요, 그럼 팔 운동도 되고 서커스단에서 연락 올지도 몰라요. (웃는)

효숙 연락 올까 봐 귤 나올 때만 할래요. 거절을 못 하는 성격이라서요. (웃는) (양말을 보며 감동하는) 뜨는 거 못 봤는데 정말 예쁜 양말 포켓이네요.

명희 (양말의 간격이 조금 못마땅한, 빨간색 양말의 간격을 좀 더 띄우며) 이 정도는 밥 먹는 사이에도 다 떠요.

효숙 타고났어요, 정말 솜씨 좋아요.

명희 이거라도 못하면 뭐에 쓰겠어요. 나름 손재주가 있게 태어났나 봐요. 솜씨가 좋다고 소문이 났었거든요. 홈 패션 하면서 이걸로 밥 벌어 먹었으니까요! 가끔, 아주 가끔 얼굴도 희미한 엄마에게 살짝 고맙다는 인사를 해요.

효숙 어머니에게 고마운 인사 더 하세요, 예쁘게 태어난 것도요. (웃는)

명희 그런가요, 그런데… 좀 덜 이뻤으면 인생이 좀 내실이 있었겠다 싶어서 그건 고마움 안 전할래요. 너무 자만

했나요. (서글피 웃는)

효숙 (도리질을 하며) 아름다운 모든 건 보는 상대에게 설렘을 줘요, 명희씨, 공헌 많이 했어요. (끄덕이는) 어머니께 충분히 고마워해야 해요.

명희 (분위기 바꾸려는, 눈이 초롱초롱한) 언니, 이 양말들, 색으로 주인 맞춰 봐요.

효숙 그래 볼까요. (다시 귤 돌리기를 시작한 채 숨을 쉬지 않고 양말에 곁눈질을 해가며, 일사천리로 말이 빠른) 빨강은 누리, 초록은 명희씨, 금색은 나. 은색은 누리 아빠죠. (잘 돌리다가 귤을 낚아채며 성공적으로 끝내는) 어때요, 맞았나요? (크게 숨을 몰아쉬는)

명희 (놀라 눈이 동그래지며) 어떻게 그렇게 갈등 한번 안 하고 다 맞춰요? 귤을 돌리면 영감까지 생기나, 맞죠?

효숙 (터져 나오는 웃음과 함께) 느낌대로 골랐어요. (고개를 갸우뚱하며) 영감! 누구나 좀 있지 않나요?

명희 (간격을 다시 확인하며) 아니, 언니는 영감보다 깊은 배려 쪽이에요. 거절 못하는 성격과도 일맥상통하죠. 그저 느껴지는 영적인 그런 거 말고, 애써 생각하고 고민하고 실천하는 그런 거, 배려가 맞아요.

효숙 그렇게까지요 단순한 느낌으로 골랐어요.

명희 배려의 그 마음에서 절실함도 묻어 나와 제 가슴까지 데워주고 있어요. 그래서 차지 않아요. (가슴을 두 손으로 감싸며) 아주 따듯해요. 제 몸만 이렇게 의탁한 게 아니에요, 이 마음, 그리고 정신, 빈껍데기가 속속들이 따듯함으로 가득 채워지고 있어요, 차디찬 심성이 말이죠. 그러면서 원망스런 삶에서도 벗어나고 있구요.

효숙, 감동어린 눈으로 미소를 띠며 다가가 팔을 벌려 명희를 꼭 안아주며 다독이는.

[발뒤꿈치가 닿지 않는 늘 불안한 걸음걸이가 어느새인가 땅을 딛고 완벽하게 보행하는 법을 익히는가 싶더니 명희는 이제, 땅을 딛지 않고도 우리들의 마음에 찾아오는 스스로의 보행법으로, 완벽치 않아 뒤뚱거리는 내가 오히려 명희의 행보에 감동으로 발을 맞추어 간다.]

– 효숙의 내레이션

#27
효숙, 정원에 떨어져 휘날리는 낙엽을 쓸다가 루루가 뛰어노는 모습을 사랑스럽게 바라보는.
쟁반에 머그잔을 들고 누리가 나오는.

루루가 달려가는. 쟁반을 테이블에 놓고 루루에게 간식을 챙겨 먹이는. 효숙, 비질을 멈추고 누리에게 다가가는.

누리 엄마, 낙엽이 흩날리는 거 무드 있고 좋잖아.
효숙 (앉는, 머그잔을 들고 마시는) 와, 좋다. 커피는 향으로 마시는 거야. (누리를 보며 고개를 끄덕이며) 그치, 낙엽은 무든데 외할머니가 그 무드를 늘 쓸어 담으셨거든, 보고 자라서 습관적으로 비질을 하게 돼. 게으름 핀다고 하실까봐.
누리 외할머니는 늘 쓸고 닦았어. (손으로 각을 잡는) 그래서 내가 각을 잡았지 깔끔을 배웠다는 말씀.
효숙 (놀라며) 기억나? 누리 초등학교 들어갈 때 떠나셨는데.
누리 (당연한 듯) 난 아직도 외할머니 꿈꾸며 소통하는데. (하늘을 올려다보며) 잘 계시대 엄마.
효숙 밤새 손녀딸과 만나느라 엄마에겐 시간을 안 내주시는구나.
누리 엄마도 외할머니도 아주 이쁜 유전자를 가지고 태어나셨어.

효숙, 조금 당황스런 표정인.

누리 그래서 나도 그 이쁜 유전자를 눈으로 보면서 물려받

앉잖아. (하늘을 올려보면서 두 팔을 기지개하며) 외할머니 고마워. 오늘 밤도 이쁘게 하고 만나요.

효숙 (편안해지며 흡족해지는) 그래, 마음에서 정신에서 늘 함께 하는 거야. 외할머니가 고마워하시겠네.

누리 엄마 딸로, 외할머니의 손녀로, 내가 감사해야 해!

효숙 (울컥함을 숨기며 놀란 듯) 아, 아지매 중식시간이다. (일어나 들어가는)

누리, 그렁이는 눈으로 효숙의 뒷모습을 바라보는.

[엄마는, 눈에서 마음에서 정신에서 나에 대한 사랑으로 가득하다. 누가 단지 길러 준 엄마라고 욕되게 규정할까?]

― 누리의 내레이션

#28
쌓인 서류 더미 속에서 일을 하던 준호, 갑자기 무언가가 생각난 듯 책상 맨 밑 서랍을 여는.
여러 가지 정리된 물건 속의 안쪽에서 씰이 된 작은 비닐봉지 하나를 꺼내는.
준호, 천천히 봉지 안의 것을 꺼내는.
장난감 루비 반지를 보며 추억 속에 빠지는.

회상 씬
1) 준호와 명희의 반지하 방

명희 (출근길에 현관에서 귀뜸하듯 속삭이는) 요 앞에 다이아반지 사파이어반지 루비반지 파는 데 있어. 우리 두부 지겹도록 사 먹는데 말이야. 어릴 땐 콩나물이 지겨웠었는데… (싫은 듯 머리와 몸을 흔드는) 둘 다 원료는 콩이네 콩, 그 콩만 한 반지 거기에 있으니까 결혼반지 준비해. (활짝 웃는, 나가는) (다시 현관문을 열며) 난 빨간 게 좋아, 루비 반지로. 진짜 출근합니다요. (입을 내밀어 뽀뽀를 전하며 문을 닫는)

2) 버스 정류장
버스에서 내리는 명희의 손을 낚아채듯 잡고 준호, 뛰기 시작해 동네 가게로 들어가 입구에 달린 종이판에서 장난감 빨간 반지 하나를 빼내어 명희에게 확인시키는 듯 보여주며 또다시 손을 잡고 뛰기 시작하는.

가게주인 (뒤따라 헐레벌떡 뛰어나오며 소리치는) 돈 줘야지 그게 얼마짜리 반진데.
준호 (앞만 보고 뛰며) 지금부터 외상 터요, 곧 갚을 테니 좀 기다리세요.

가게주인 (손을 올려 때리는 시늉을 하며) 어이구 서준호 많이 컸네. (포기한 듯 뒤돌아 한걸음 걷다 다시 돌아서서) 에라이, 코흘리개 아이도 돈 들고 와서 사주더라!

3)
준호, 동네 느티나무 밑 벤치까지 명희와 함께 뛰어와 명희를 앉힌 후 숨을 헐떡이며 무릎을 꿇는. 장난감 반지를 눈 위치에 들어 올리며 숨이 차 헐떡이는 명희에게 손으로 눈을 감게 하는. 잠시 후 '딱' 소리와 함께 명희 눈을 뜨게 하는.
준호의 손에 있던 장난감 반지는 사라지고 루비 반지가 담긴 자줏빛 보석함이 찬란히 열려있는 것이 보이는.
준호, 반지를 빼내 명희의 손가락에 끼워주는.

명희 (손을 들어 요리조리 반지를 보며, 여전히 숨이 차는) 뛰어야만 효과를 보는 마술이지? 숨이 멎을 만큼 뛰어야 진짜로 변하는. 진짜가 되는 건 뭐든 사활을 거는 거야! 하마터면 숨넘어갈 뻔했잖아 (여전히 반지를 이리저리 보며 숨이 차 하는) 내가 말했지 달리기 싫어하는 망아지라고.

준호 (쑥스러운 듯) 얼른 보여주고 싶었어, 가게에서 사라던 루비 반지가 마술처럼 변하는 거…

명희, 미소를 지으며 준호를 향해 팔을 활짝 벌리는.

준호 (활짝 웃으며 다가가 명희를 안으며) 마술같이 빨리 변할게, 사활을 걸어 진짜가 돼 볼 테니 조금만 기다려!

명희 (귀에 속삭이는) 설레게 하는 재주는 마술이 필요 없을 정도야. 구멍가게 반지로도 충분한데.

준호 (안은 채) 결혼반지도 없는 게 맘에 걸려서… 나중에 가게에 있는 반지들 색색깔로 다 진짜가 되게 해줄게.

명희 (엄숙하게) 지금처럼 훔치면 곤란해. 코흘리개 아이도 돈 들고 와서 사준다잖아. 아저씨 외상사절인 거 몰라.

준호 (웃는) 내일, 있는 보석 다 사면 풀어지실 거야.

명희 (놀라는) 내일 그 보석 다 사서 또 뛴다고? 아니야 지금처럼 뛰지는 말자, 진짜로 안 변해도 난 이걸로 (반지 낀 손을 하늘로 올려 다시 보며 흡족한) 매우 만족하거든!

준호 알았어, 뛰자 할까봐 걱정했는데… (웃는)

명희, 준호를 꼭 안는.

명희 (흡족한) 딸 나면 엄마 결혼반지로 물려줄 수 있어

다행이야. (준호의 볼에 키스하는)

#29 현실
한밤, 스탠드가 켜져 있는 거실.
힘든 모습의 명희, 불꽃이 거의 사그라들어가는 벽난로 앞에 서서, 자줏빛 케이스의 뚜껑을 열어 반지를 애잔히 바라보며 미소 짓는.
명희, 케이스 뚜껑을 닫고, 벽난로에 걸린 빨간 양말에 넣는.
명희가 결혼반지를 누리의 빨간 양말에 넣고 들어가며,
방문을 닫는 순간 준호, 안방에서 나와 주머니에서 작은 비닐봉지 안의 빨간 루비 반지를 잠시 바라보다 명희의 초록 양말에 넣는.
나지막이 쇼팽의 '이별의 곡'이 흐르는.

[내가 이 장난감 반지를 버리지 않고 간직한 것은, 명희의 배신에 대한 분노보다 인간적인 연민과 아니 더 솔직 하자면, (음악 소리가 커지며) 사랑하는 마음이 미움보다 아주 조금 앞섰기 때문이리라.]

- 준호의 내레이션

#30
1) 오후 2시 40분이 넘어가고 있는 대기실
누리, 불안한 표정으로 두 손을 연신 비벼대고 있는.
뿌연 하늘을 올려다보며 두 손을 깍지를 끼기도 하고 마사지하듯 세게 주무르기도 하며 왔다갔다 안정이 되지 않는.
누리, 시계를 보는.
벽시계가 2시 53분을 가리키는.
누리, 다시 창문 쪽으로 눈을 돌리자마자 몹시 놀라는.
눈이 내리기 시작하는.

명희 첫눈 오는 날 초대할게. 첫눈 오는 날 초대할게.
누리의 귀에 명희의 목소리가 계속해서 울려오는.
누리, 몹시 혼란스럽고 초조한.

2) 오디션 방
누리, 막스 브르흐의 '콜 니드라이'를 연주하는.
누리, 격정적인 부분을 연주하다 연주를 멈추는.

누리 (이성을 잃은 듯 정신없이) 엄마가 기다려요, 눈이 오잖아요, 우리 엄마가 아파요. 약속했어요 엄마랑! 내가 할 일은 이게 아닌데! (허둥대며) 맞아요 지금 엄마가, 엄마가 날 기다리고 있어요.
누리, 허겁지겁 첼로를 들고 뛰쳐나가는.
심사위원석, 세 명의 심사위원이 놀란 표정으로 어리둥절하며 한 곳 (누리가 뛰어나가는) 을 응시하는.

3) 주차장

누리, 눈물을 흘리며 어느 방향인지 방향을 잃고 뱅뱅 도는 느낌에 첼로를 꼭 껴안고 주저앉아 눈을 감는.

누리, 뿌연 시야 속에서 차를 찾기 시작하는.

#31
1)

내리는 함박눈으로 거리는 벌써 교통이 뒤엉키는.

누리, 조바심이 이는. 손이 떨려오며 두 손으로 핸들을 꼭 붙잡는, 눈물이 뒤범벅이 돼 있는.

효숙으로부터 전화가 오는.

누리 (절망스럽게) 엄마, 차가 움직이질 않아, 어떡하면 좋아.

효숙 (( )) (차분한) 누리야, 어디든 차 세워 둘 만한 곳에 두고 지하철 타렴, 엄마가 역에서 기다릴게.

누리 (고개를 마구 끄덕이며) 응응 그렇게 엄마. (방향등도 켜지 않고 정신없이 차를 3차선으로 움직이는)

옆 차의 항의 크락션 소리가 귀를 찌를 듯 울리는.

누리 (다급하게) 엄마, 아지매는?

효숙 (( )) 아지매는 잘 견디고 계셔.

누리   (심하게 후회스런) 오디션이 뭐라구. 내가 어리석었어, 눈 온다고 했는데!

효숙   (눈을 감는) 아니, 꼭 해야 할 일이었는데 뭘. 누리와 약속을 지켜낼 거야, 초대해놓고 약속 어길 분 아닌 거 알지. (눈을 뜨는, 눈물이 흐르는) 엄마잖아! (세찬 음악이 울려 퍼지는)

누리, '억' 하며 소리 없는 숨찬 울음을 토해내는, 운전대를 부서질 듯 꼭 붙들고 어깨만이 들썩이는.

2)
누리의 차가 주유소로 돌진하는.
내리자마자 뒷좌석의 첼로를 꺼내는.
손가락질을 하며 항의하는 주유소 관계자에게 누리, 무언가 얘기를 하며 차키를 쥐여주는. 소통이 된 남자가 빨리 가라는 듯 손짓하는.
누리, 고개 숙여 인사를 하고 뛰기 시작하는. 첼로 부피에 버거운 모습으로, 지하철역으로 들어가는.

[핏줄은 어떤 설명도 필요 없다. 누리는 명희를 본 순간, 부연 설명조차 필요치 않은 확신에 찬 눈빛이었다. 놀라운 건, 한 치의 의심도 없었던 친모의 존재를 어떤 상황에서 알게 되었을까. 누리가 겪었을 혼란에 가슴이 에인다.]

– 효숙의 내레이션

#32
1)
밖은 조금 어두워진. 커튼이 활짝 열린 사이로 여전히 눈이 내리고 있는.
칼랑코에 화분이 가득한 창가 콘솔 위에는 여러 개의 촛불이 켜져 있는.
암체어에 담요를 덮고 의자 깊숙이 반쯤 누운 자세의 명희가 가녀린 눈으로 미소를 머금은 모습으로 누리를 바라보는.
티 테이블에는 '누리야 사랑해'라고 써 있는 하얀 생크림으로 장식된 케이크에, 명희가 직접 짠 듯 보이는 아이보리 풀오버에 체크 치마를 입고 첼로를 잡고 서있는 누리의 인형이 장식되어 있는.
담요 밑으로 보이는 명희의 발에는 누리가 선물한 플랫슈즈가 반짝이며 보이는.
명희가 선물한 풀오버에 체크 치마를 입은 누리, 명희를 잔잔한 미소로 바라보며, 테이블을 사이에 두고 앉아 있는 명희에게 무릎을 굽히고 격식을 갖춘 정중한 인사를 하는.

누리 (정중히) 초대해 주셔서 감사드려요, 제 선물이에요 들어주세요.

슈베르트의 '아르페지오네'를 연주하는.
연주 사이사이 명희와 누리, 케익의 인형과 촛불이, 눈 내리는 칼랑코에의 계절로 치닫는.

연주가 절정으로 흐르는.

함박눈이 펑펑 쏟아지는.

명희, 눈물 머금은 눈을 반쯤 뜨며 입가에는 미소를 지으며 어렵사리 손을 들어 올리며 누리에게 손을 흔드는.

누리 (울며 달려가 반 무릎을 꿇고 명희를 안는, 소리가 채 나오지 않는) 엄마아!

명희 (어렵사리 힘을 내는) 이런 엄마를 닮은 게 하나도 없는 줄 알았는데, (잔잔한 미소를 띠며 누리의 손을 힘주어 잡는) 엄지손톱이 닮았어, 고맙다 누리야, 행복했어, 사랑해! (손에 힘이 풀리며 누리의 손을 놓는. 스르르 눈이 감기는)

누리 엄마 (길게 소리 질러 외치는!) 엄마 사랑해, 나중에 내가 엄마 찾아갈 때 더 많이 사랑할게. 알았지? 엄마 행복하게 기다려줘. (끊겨진 아르페지오네의 연주가 크게 흐르는)

누리, 명희의 얼굴을 매만지며 애달프게 울며 키스하는.

명희의 감은 두 눈에 눈물이 흐르는.

준호와 뒤를 따라 효숙이 방으로 들어오는.

준호　(명희의 머리를 쓰다듬는, 눈물이 고이는) 고생 많았다, 편안한 곳에서 잘 쉬어.

효숙　(누리를 뒤에서 안으며) 편히 쉬어요. 누리엄마. 아무 걱정하지 말고. (살짝 미소 지은 얼굴에 눈물이 흐르며) 함께해서 행복했어요.

누리　(몸을 돌려 효숙을 꼭 안으며) 엄마! (눈물이 뒤범벅인)

효숙　(누리의 어깨를 다독이며) 엄마는 행복했을 거야. 알지?

준호　(무언가 머리를 맞은 듯 갑자기 깨닫는, 명희를 바라보는 눈에서 눈물이 흐르는) 명희야! (속삭이듯 소리 없는) 알지!

루루가 암체어 주변에서 무언가를 느낀 듯 끙끙대는.
준호, 루루를 안아서 명희의 무릎에 앉혀주는.
아르페지오네가 방 안 가득히 퍼지는.

2) 효숙의 회상 씬
두 개의 접시에 먹음직스런 케익이 놓여있는 식탁으로, 효숙의 두 손을 잡고 신이 나 보이는 명희가 뒷걸음질로 효숙을 이끌며 식탁에 앉히는.

명희　(수북하게 쌓여있는 코코아 바구니와 머그잔 두 개가 놓여있는 아일랜드에서, 양손에 든 두 개의 코코아 봉지를 한쪽씩 들어 올리며) 언니, 이걸로 타드릴까요 아님, 이걸로 할까요? 나 때는 깡통 하나 사면 내도록 먹었는데 종류가 참 많아졌어요. (다시 하나를 집어 올리며) 이건 어때요?

효숙 (웃으며) 맛있는 걸로요.

명희 다 맛있어요, 이 건 부드럽고, (바구니에서 골라 올리며) 애는 코코아 함량이 많아선지 엄청 진하게 느껴지구요. (또 집어내는) 요건 더 달콤해요, 설탕이겠죠? (목표를 향해 골라 집어 올리며) 상상 초월의 맛은 요 녀석이에요, 왠지 아세요? (찡그리며) 짜요.

효숙 좋아요, 상상 초월로 할게요.

명희 (효숙의 선택이 맘에 드는, 엄지를 치켜세우며) 뜨거운 우유에 짠 코코아의 조화, 우유와 코코아의 비율은 엉터리 바리스타의 몫이에요. (코코아를 뜯으며) 자 갑니다. (스푼으로 열심히 젓는)

효숙, 슬픔이 묻어있는 표정으로 미소가 흐르는.
코코아를 마시는 효숙 앞으로 명희, 근사한 리본으로 묶여진 선물을 내려놓는다.

효숙　(코코아를 마시다 놀라는) 상상 초월의 맛으로 놀라는 중인데 (감동이 큰) 너무 멋지네요. (리본을 풀며 펼쳐 보는)

명희　봄 여름 가을 겨울, 계절에 맞는 앞치마를 만들어 봤어요. 언니가 워낙 살림 제일주의로 (웃는) 보이기도 했고 또 제가 할 수 있는 게 이것뿐이라서요.

효숙　살림 제일주의, (소리 내 웃는) 맞아요, 부엌이 나의 작업장이고 나름 창조 공간이에요. 모방과 섣부른 개발로 이 맛인지 저 맛인지 모를 때도 있지만 가족의 식생활을 책임지는 임무가 참 좋아요.

명희　(고개를 몇 차례 끄덕이는) 네, 보였어요. 언니 앞치마가 일곱 개 더라구요. 요즘 말로 앞치마 덕후죠. 음식이 뒷전이면 앞치마 덕후가 될 수 없어요.

효숙, 깜짝 놀라는.

명희　언니에게서 음식 분위기에 맞춰서 골라 입는 모습을 봤어요 끼니때마다 기대가 됐거든요. 그리고 어떤 걸 입혀드릴까, 욕심이 나고 그림이 그려졌어요. (웃는) 그래서 열 개 만들까 했었는데, 자칫 작품성이 떨어질까 봐 많이 줄였어요. (그윽한 미소로)

효숙 (흡족한) 잘했어요. 그런데 명희씨가 나를 많이 파악했네요. 정말 그때그때 뭘 만들지에 따라 앞치마도 신경 쓰이는 걸 보면 덕후죠? 덕후 맞아요. 전업주부가 나를 부리는 사칠까, 밖의 일이 없고 외출도 많지 않으니까 언제부턴가 한 번씩 마음먹고 앞치마를 사더라구요. (앞치마 하나를 두르는, 통통한 산타클로스가 입체적으로 재단된 앞치마인) 곧 크리스마슨데 한 달 내내 내 유니폼이 될 것 같아요. 너무 좋아요.

명희 (선물 꾸러미 가운데에서 무언가 하나를 꺼내 자신의 이마에 두르는) 어때요 언니. (썰매를 끄는 빨간 루돌프 사슴코가 두드러진 찍찍이로 된 띠인)

효숙, 명희의 모습을 보며 박수를 치며 좋아하는.
명희, 썰매 줄을 잡고 썰매를 모는 시늉을 하는.
효숙, 앞치마에 달린 산타의 흰 수염을 두 손으로 쓸어내리며 위엄을 부리다 산타의 배를 움켜쥐고 소리내 웃는.
명희, 뒤뚱거리며 썰매를 몰듯 타며 웃는.

[어떻게, 그 여리디 여린 마음을 다스리며 살았을까 싶게 내가 봐도 사랑스럽고 너무 이쁜 명희씨는, 언제나 함께 있겠다는 작은 메시지를, 말과 편지가 아닌 명품 앞치마로 내 허리를 꽁꽁 붙잡아 매버렸다.]

- 효숙의 내레이션

3) 명희의 회상 씬
핏기없는 얼굴이지만 의욕적인 모습의 명희, 보랏빛 천으로 열심히 재봉 일을 하는.
이쪽저쪽 박아가며 입으로 실을 끊고, 다시 박아대는.
이윽고 완성된 듯 일어나 두 손으로 팍팍 터는.
예쁘게 완성된 보라색 랩 치마를 보며 명희, 환하게 웃는.

명희, 보라색 풀오버와 랩 치마를 옷걸이에 걸어 두고 형태를 살피는, 행복한 표정인.
재단하고 방바닥에 떨어져 있는 천을 정리하다 눈에 띄는 하나를 펼쳐보는. 삼각형의 짜투리를 보며 얼른 머리에 두건으로 쓰는.
거울을 보며 옆에 있는 립스틱을 바르고 위아래 입술을 비벼대는.
나름 흡족한, 거울에 있는 자신에게 윙크를 하는.

옷걸이에 걸려 있는 보라색 풀오버와 랩 치마를 들고 춤을 추기 시작하는.
몇 차례 턴을 하며 돌자, 쇼스타코비치의 '왈츠 2번'이 흐르며 보라색 풀오버와 랩 치마를 입은 누리와, 두건을 쓰고 플랫슈즈를 신은 명희가 두 손을 잡고 왈츠를 추는.

[내가 존재할 수 있는 이유를 망각하고 젊은 시절 헌 신 버리듯 내던진 딸 누리에 대한 사랑은, 내 눈물이 액체가 아닌 바윗덩어리로 내 가슴에 쉴 새 없이 구른다. 누군가 '후회도 사치'라고 한 말이, 이제야 누리의 아빠로서 내린 가장 가벼운 선고였음을 느낀다. 이제, 그 선고된 판결을 조금의 실형도 못 채우고 떠나려 한다. 용서해달라는 말은, 입도 떼지 못한 채!]

- 명희의 내레이션

4) 누리의 회상 씬
스탠드 불빛 아래 잠을 청하는 누리, 바로 누웠다 옆으로 누웠다 들썩이는.
스탠드 불을 껐다 다시 켜는.
천장을 바라보는 누리의 두 눈에서 눈물이 흐르는.
잠시 후 벌떡 일어나 성큼성큼 계단을 내려가는.
명희의 방, 희미한 불빛이 보이는.
누리, 노크를 하려다 망설이는.

누리, 방문 앞에서 서성이며, 초조한 얼굴인.
이윽고 결심이 선 듯, 노크도 없이 조심스레 들어가는.
환하게 켜져 있는 스탠드 옆에, 지친 듯 창백한 명희가, 인기척에도 반응 없이 잠에 취해 있는.

누리, 명희 앞에 무릎을 꿇고 앉아서 명희의 얼굴을 바라보는.
누리, 복받치는 설움으로 입을 막는.
누리, 조심스레 이불을 들고 명희 옆에 눕는.
명희, 잠이 깬 듯 돌아눕는. 그대로 잠에 취해 있는.
누리, 당황하다 가만히 자는 명희를 뒤에서 안는.
누리, 명희의 가슴을 매만지며 들썩이는 울음을 토하는.

[나 어릴 적 모유를 먹였을 엄마의 가슴은 브래지어의 가공할 힘에 가려져 있었다. 어떻게 나는 이렇게 아무렇지도 않게 엄마의 몸을 설명할 수 있는 걸까! 엄마가 고통으로 과한 약에 취해있던 그날 밤, 엄마의 몸을 도둑질하듯 탐미한 나는, 엄마가 멀리 떠나신 후에, 내 손끝에서 엄마의 감촉을 희미하게나마 기억할 수 있는 일을 도모한 것에 대해, 대단히 잘한 일이었다고 생각하며, 후회할 일 하나를 덜어내는 이기적인 딸이 되었다.]

- 누리의 내레이션

5) 준호의 회상 씬
현관문이 닫히는 잠금 소리와 함께 평상시와는 너무 다른 명령하는 말투로 효숙의 말이 들리는.

효숙 식탁 위에 있는 거 살짝 뎁히기만 하면 돼요. 맛있는 점심시간!

(효숙의 외출 전)
침대 헤드에 기대앉아 핸드폰을 보고 있는 준호에게 효숙, 잘 개켜진 옷을 내밀어 보이며 침대 끄트머리에 내려놓는.

효숙 단정하게 입어요, 이걸로.
준호 (눈길이 핸드폰에서 효숙을 보는) 일부러 외출까지 안 해도 돼. 늘 같이했는데 뭘 그래. 당신이 있어도 없어도 내가 할 말은 똑같아, 일상적으로 하는 게 좋아.
효숙 내가 경험은 없어도 이래 봬도 구성작가였다는 걸 당신은 몇 시간 내에 곧 알게 될 거예요.
준호 (어이없는 듯) 옛날 옛적에 구성작가였던 아내는, 남편이 몇 시간 뒤에 알게 될 일에 대해서도 훤히 아는 능력이 있다는 거지?
효숙 (의심도 없이) 그럼요, 왜 능력 있는 구성작가였겠어요. (준호의 얼굴을 똑바로 쳐다보며) 내 말은, 정중한 좋은 시간이 되라는 거예요.

준호 (더 이상 다툼을 피하는) 좋아, 그 정중한 옷 입고 내가 할 말도 구성 좀 해주실까요?

효숙 (단정하며) 꼭 필요한 시간이었다고 나중에 반드시 느낄 거예요. 남겨두지 말고 마음에 있는 말 다 하세요, 내 눈치는 볼 거 없어요. 혹, 양심에 꺼릴 일이 있으면 (나가며) 살짝 거짓말도 허용할게요.

준호 (나가는 효숙을 보며 도리질을 하며 혼잣말로) 2등 가라면, 1등 입 막을 오지랖이지!

[아내는, 내가 피해 가지 못한 힘든 일에 대한 무게를 가볍게 해주려는 생각으로 가득하다. 방향을 제시하고도 해결되지 않는 일은, 누리를 껴안았듯이 자신의 바구니에 옮겨 담는다. 오늘도, 명희와의 풀지 못한 숙제를 다시 펼쳐보게 하는, 어려운 숙제를 내주는 선생님으로, 과연 내가 힘든 숙제를 잘 풀어 낼 수 있을까 하는 두려움의 학생이 돼 있었다.]

— 준호의 내레이션

6) 명희의 방

효숙 (커다란 쇼핑백을 테이블에 놓으며) 나름 어울릴 것

　　　　　같은 원피스예요. 뭐든 잘 어울리겠지만, 명희씨의 눈
　　　　　으로 몇 가지를 골라서 입혀보며 선택했어요.
명희　(웃는) 입혀보느라 제 육감적인 몸매를 다 보셨겠네요.
효숙　(작은 소리로) 짐작보다 더 쎗어요. (미소를 지으며)
　　　　　예쁘게 입고 누리아빠의 점심 초대 함께해요.
명희　필요할까 싶었는데, (다부진) 꼭 필요할 수 있겠다 싶
　　　　　어요, 언니가 마련해 주신 시간, 잘 쓸게요.

효숙, 편안한 미소로 고개를 끄덕이는.
명희, 뒤돌아 나가려는 효숙을 부르는.

명희　언니! 이 원피스, 제 수의로 입혀 보내주세요.
효숙, 울컥하며 미소 짓는.
명희, 환히 웃는

[언니는, 한 남자의 전처와 본인의 구도는 전혀 안중에도 없다. 오직 후회만이 남은 한 여자의 얽힌 실타래를 풀어 주기 위해, 자신의 잘 짜여진 스웨터의 매듭을 과감히 자르며 두려움 없이 올을 푸는 희생을 감행해주었다.]

　　　　　　　　　　　　　　　　　　　　　　- 명희의 내레이션

7) 주방 식탁

리조또로 보이는 디시와 새우가 곁들인 샐러드가, 와인과 함께 차려진 식탁에서 준호와 명희가 잘 갖춰 입은 복장으로 식탁에 앉아 있는.

준호 (부드러운 미소로, 와인 병을 명희에게 건네며) 명희야, 예전 반지하방에서 건배를 부추기던 혈기로 따봐 건배사 해야지.

명희 (받아들곤, 와인 병을 힘을 다해 따는) 힘 없는 나에게 와인 병 따는 일까지 시키는 건, 해석을 어떻게 해야 할까요?

준호 (웃는) 술 냄새만 피워도 기운이 나는 명희를 알고 있으니까!

명희 (피식 웃는) 이젠 냄새만으로도 취해요, 살살 다뤄주세요. 예전 말술 명희씨가 아니라구요.

준호 그 시절, (추억에 잠기는) 나는 술이라면 넌더리가 났었는데! 그런데 지금 생각해보면, 그게 뭐 그리 큰일이었나 싶네.

명희 (핑 눈물이 괴는, 화제를 돌리는) 잔 들어요, 핫했던 명희가 한 잔 따라 드릴게요.

준호, 잔을 드는.
명희, 힘없는 손이 조금 떨리며 와인을 따르는. 준호, 와인 병을 뺏으려 하는.

명희, 준호의 손을 밀며 마저 따르는.

명희 (물병을 준호에게 건네주는) 후회로 땅을 친 순간부터 내 인생에는 노알콜이에요, 나와의 맹세죠.

준호 (웃는 것인지 분간이 가지 않는 표정으로 물을 따라주며) 명희 니가 땅을 친 순간쯤, 나는 명희 니가 따라주던 쓴 술이 달콤해졌지. (명희를 바라보는) 자, 술이든 물이든 건배해보자, 오랜만에!

명희 (혼란에 겨운) 쓴 술이 달콤해졌다니, 입도 못 대던 오빠였는데! 그 어렵던 시절에 자식까지 버린 인간말자를 생각하면, 지금 이 순간은 나에게 있을 수 없는 자리에요. (고개를 숙여 자책하듯 절레절레 흔들며) 아무 말 못하고 떠날 줄 알았는데, (고개를 들어 준호를 응시하며) 그래도 말로써는 단 한마디도 할 수 없어요, 입이 열 개라도! 유구무언의 뜻을 전하려구요! (와인 잔을 들며) 자 건배해요!

준호 거기엔 신통찮은 나도 반 이상의 책임이 있다는 걸 알아야지. (와인 잔을 들어 명희의 잔에 부딪히며) 용서해라 명희야!

명희 (밝고 환하게 웃는, 물 한 모금을 마신 후 눈을 감는)

최고의 맛이에요.

준호 (와인을 마시고 고개를 끄덕이며) 명희 너와 함께 마시는, 처음으로 맛있는 술이다.

준호와 명희, 서로를 보며 웃는.
정겹고 편안한 식사를 하는.

깨끗이 치워진 식탁에 앉아 있는 명희에게 준호, 머그잔에 코코아를 정성스레 타주는.
명희, 두 눈을 감고 냄새를 맡는 듯 천천히 음미하는.
준호, 아일랜드에 서서 명희를 아득히 바라보는.

명희 맛있는 점심과 부드럽고 달콤한 코코아로, 행복한 시간이었어요. 행복한 시간 뒤에는 혼자서 음미할 시간이 필요해요! (지친 듯 조심스레 일어나는) 들어갈게요.

준호 (깜빡 잊은 듯) 그래, 그래야지, 얼른 들어가 쉬어야지!

명희, 힘든 미소를 지으며 방 쪽으로 걸어가는.
명희, 걸음에 살짝 힘이 빠지는. 준호, 성급히 쫓아가다 마는.
문 앞에 선, 문고리를 잡는 명희, 준호 쪽으로 고개를 돌리는.

명희 오빠! (눈물이 흐르는) 인류애는 아니겠죠?

준호 (울컥하는 목소리로) 절대로!

음악이 크게 울리는.

준호, 명희를 향해 서서히 두 팔을 벌리는.

명희 (흐르는 눈물을 감추지 않으며 웃는) 그 옛날 달리기 싫어하는 망아지였어도 달렸는데, 지금은 달리고 싶어도 달릴 형편이 안돼요, 팔이 좀 아파도 기다려 줄래요?

준호 (눈물을 글썽이며, 고개를 끄덕이는) 그래, 언제까지나 기다릴게!

[명희는 분명, 갈등하고 있었다. 망아지가 되어 달려볼까를! 하지만 '팔이 아파도 기다려 줄래요'라는 긴 여운을 남긴 채, 효숙에 대한 신의를 지켰다.

명희와 나는 굳이 말이 필요 없는 유구무언의 상태다. 길게도 짧게도 말할 수 있는 우리의 사연에, 왈가왈부는 쓸모없는 사족이라는 생각이 내게 굳어져 있었다. 분명한 걸 좋아하는 내 성격에 위반되는 일이라 해도 들춰내어 혼란을 자초하고 싶지 않았는데, 효숙은 사이비 해결사를 자초하고 나섰다. 아내는 내가 품을 수 있는 가장 위, 존경의 수위에 올랐다. 그러나 그런 아내에게 나는, 양심에 살짝 거리낄 일이 있으면 거짓말도 허용하겠다던 말을 그대로 실천할 생각이다. 그러나 내가 몇 시간 뒤에 알게 될 일이라고 예언한 효숙의 말이 그대로 이루어진, 전지전능의 사람이라는 걸 알고서야 내 마음의 굳은 실천이 과연 존재할 수 있을까 싶다.]

- 준호의 내레이션

#33 거실
팻분의 캐럴 (God Rest Ye Merry, Gentlemen, 하느님 안에서 안식을) 이 크게 울리는 크리스마스 이브.
벽난로의 불꽃이 타오르며 크리스마스 트리가 반짝이는.

(각자, 동시에 움직이는)
효숙 옆에 금색 양말이 놓여있고, 금색 털실로 뜬 모자를 쓰며 벽난로 옆에 걸린 거울을 보며 모양을 살피는.
준호, 은색 양말에 손을 넣어 은색의 털실 모자를 꺼내 머리에 쓰며 빙긋이 웃는.
누리, 준호의 모습에 엄지손가락을 올리는. 준호, 빙긋이 웃으며 카드를 꺼내 읽는.
누리, 빨간 양말 속에서 빨간 모자를 꺼내 쓰는. 다시 손을 넣어 자주색 반지 케이스에서 반지를 꺼내 손가락에 끼는. 예전 명희처럼 손을 번쩍 들어 올려, 반지가 끼워진 손을 보며 또 보며 환히 웃는. (반지를 끼고 손을 들어 올려, 반지가 끼워진 손을 보며 또 보던 명희와

누리의 모습이 오버랩되는)
효숙, 카드를 들고 읽다가 누리에게 손짓하며 지시하는.
누리, 초록 양말에서 루루의 초록 조끼를 꺼내 루루에게 입혀주는.
명희의 초록 양말은 그대로 걸려있는.
크리스마스 트리가 캐럴과 함께 반짝이는.

효숙   누리야 내일 크리스마스에는 아지매, (누리를 보며, 미안한 듯 눈을 찡긋하며) 이쁜 엄마 집에 가서 초록 양말에 있는 선물 넣어 드리자. 뭐가 들었을까 궁금하지만 오늘은 참자. 참고적으로 나는 루비색 립스틱 넣었어 딱, 이쁜 엄마에게 필요한 걸 거야.

누리   엄마는, 오늘은 참자 해놓고! (개구쟁이 표정으로) 나는, 굳이 힌트를 주자면… 음, 조그만 하트 은목걸이에 누군가의 사진을 넣었어.

효숙   (뭔가 추리하며 어려운 걸 발견한 듯 빠르고 단정적으로) 그 사진 누리지!

누리   (깜짝 놀라 눈을 크게 뜨며) 와아 엄마, 셜록 아저씨가 동업하자겠는데!

준호   (고개를 설레설레 흔들며) 그 추리력, 못 당해.

모두 크게 웃는.

#34 명희의 납골당
루루와 함께 환하게 웃고 있는 명희 사진 모서리에, 하트 은목걸이 속 누리의 사진이 미소 지으며 걸려있는.
그 옆에는 금빛 케이스의 립스틱이, 가운데는 작은 미니어처 접시 위에 장난감 루비 반지가 놓여있는.

O, Little Town of Bethlehem (팻분) 캐럴이 흐르는.
금색 털모자를 쓴 효숙의 팔짱을 끼고 걸어가는 보라색 풀오버에 랩 스커트를 입은 빨강모자를 쓴 누리와, 초록조끼를 입은 루루의 리드 줄을 잡고 이리저리 끌려다니는 은색 털모자를 쓴 준호가, 명희의 눈 덮인 납골 공원길을 걸어가고 있는.

[낳아준 엄마와의 2개월의 여정은 몹시 짧았다. 그 기간에 아팠던 평생 잊지 못할 기억이 나를 슬픔 속에서도 행복할 수 있는 추억으로, 그리고 가슴 가득한 설렘으로 영원히 남을 것이다.]

— 누리의 에필로그

#35
서류 더미가 쌓여있는 준호의 사무실
준호, 햇살이 비치는 창문을 바라보며 잠시 생각에 잠겨있다 인기척에 문 쪽을 바라보는.

미란　(걸어오며 머그잔을 내려놓는) 오늘은 비는 안 오지만 햇살이 너무 좋아서요, 이런 날은 코코아죠 한 잔 드시면서 달려보세요. (환히 웃는)

준호　(머그잔을 들고 한 모금 마시며) 자꾸 달리면 설레서 일 못 해요.

미란　설렐 일은 만들어서라도 설레고 볼 일 아닌가요 판사님.

준호　그래요, 뛰지 않아도 설렐 수 있다면요.

미란　아뇨, (단호한) 뛰어서라도요. (씽긋 웃는, 바로 나가는)

준호, 미란의 뒷모습을 보며 웃는.

[이제는 설레고 싶어도 설렐 일이 없는데, 명희가 떠난 후로 나에게 선사해 준 설렐 수 있는 선물은, 코코아 한 잔으로 충분하다.]

　　　　　　　　　　　　　　　　　　　　　　- 준호의 에필로그

준호의 에필로그가 끝나자 준호, 창가로 의자를 돌리는 동시에 모차르트의 피아노 협주곡 23번 2악장이 흐르는.
준호, 의자에서 일어나 멀리 시야를 두며 바라보는.
준호의 뒷모습이 보이는.

#36 이른 봄

효숙 (효숙, 정신없이 달리는 루루를 향해 숨이 찬 목소리로 소리 지르는) 루루, 제발 좀 천천히 가자!

루루에 이끌려 자신의 집 앞을 달려가는 효숙의 모습을 보자, 빨간 체크 스카프를 머리에 두른 뚱뚱한 쌍둥이 할머니가 재바르게 정원을 가꾸던 호미를 들고 하얀 펜스로 뛰어가는.

그 뒤를 이어 노랑 체크 스카프에 머리를 땋은 7살 소녀가 장난감 부삽을 들고 할머니 곁에 서는. 바로 뒤따라 초록 체크 두건을 쓴 5살 남동생이 장난감 부지깽이를 들고 누나 옆에 나란히 서는.

정원에는 세 살박이 쌍둥이가 (파란 두건을 쓴 남아와 분홍 스카프를 쓴 여아) 대여섯 개나 되는 화분의 칼랑코에를 옆에 두고, 정원에 옮겨 심어진 칼랑코에에, 손으로 흙을 덮고 있는.

뚱뚱한 이웃 (효숙을 향해 소리치는) 달리는데 천천히가 어딨어. 누리엄마! 달려요 달려, 달려야 해요. (호미를 들고 두 팔을 올려 파이팅을 하는)

노란 스카프를 쓴 손녀도 부삽을 들고 할머니를 따라 두 팔을 올려 응원하는. 초록 두건의 손자도 부지깽이를 들어 올리며 신나게 응원을 하는.

평화로운 음악이 흐르는.

[본인은 달리는 걸 싫어한다던 명희씨는, 루루를 맡기곤, 정작 달리는 일은 생각도 없는 나에게, 억수로 고된 시집살이를 시킨다.]

- 효숙의 에필로그

The Winter of Kalanchoe

칼랑코에의 겨울

2025년 12월 1일 초판 인쇄
2025년 12월 5일 초판 발행

지은이 / 곽영주

발행인 / 강병욱

발행처 / 도서출판 교음사

03147 서울 종로구 삼일대로 457 수운회관 1308호
Tel (02) 737-7081, 739-7879 (Fax)
e-mail : gyoeum@daum.net
등록 / 제300-000052호

* 잘못된 책은 교환해 드립니다. 값 15,000원

ISBN 978-89-7814-134-5 03810